사랑, 두 개의 심장

Two Hearts
사랑,
두 개의 심장
박은몽 지음
다산
라이프
사랑

사랑할 수
있을 때
사랑하라

love is

어느 날 갑자기 사랑의 감정은 우리를 찾아온다.

너무 외로웠다, 라든가

평소에 꿈꿔 온 이상형이라든가

그의 눈빛이 간절해서라든가

그녀의 다리가 너무 예뻐서라든가

서로 이야기가 잘 통해서라든가…….

이것은 소소한 이유들에 불과하다. 우리는 그저 우리를 찾아온
사랑에게 우리의 심장을 내줄 뿐이다.

사랑이 시작되었을 때

남자는 사랑인지도 모른 채 기뻐하고

여자는 "사랑일까?"하며 묻는다.

사랑이 깊어질 때

남자는 사랑에 익숙해지고

여자는 사랑에 불안해하기 시작한다.

사랑이 끝나갈 때

남자는 그녀를 버리고

여자는 '사랑에 빠져 있던 나'를 버린다.

두 사람은 하나의 사랑을 나눠 가진 두 개의 심장이다.

사랑은 두 개의 심장 안에 깃든 하나의 사랑이다.

사랑에 빠진 두 사람은 같은 감정을 느끼면서도 서로 다른 것을 꿈꾼다. 하나가 되기를 갈망하다가 결국 영원한 평행선 위에서 서로를 바라봐야 한다. 만약 두 사람의 심장이 하나였다면 이토록 서로 때문에 외롭지 않았으리라. 사랑은 두 개의 심장이 잠시 하나가 되는 기적이다.

사랑은 한동안 우리 안에 머물며 우리의 영혼을 흔들고 몸을 깨우다가 어느 순간 홀연히 떠나간다. 그때 사랑에게 내주었던 우리의 심장이 다시 텅 비워진다. 하지만 사랑을 하기 이전의 나와 이후의 나는 다르다. 내 감정의 숲은 더 깊어졌고 나의 영혼은 더 풍요로워졌다.

누가 평생에 진실한 사랑이 단 한 번뿐이라고 했는가?

모든 사랑은 첫사랑이다.

첫 번째이든 두 번째이든 세 번째이든, 모든 사랑은 첫사랑이고 그 자체로 우리의 마음을 순수한 결정체로 빚어준다. 비록 만나고 헤어지는 그 모든 것이 무의미한 감정의 연소처럼 느껴지는 순간이 있었을지라도…….

결국 우리를 아프게 하는 것은 사랑 그 자체가 아니다. 성숙하지 못한 나의 자아와 풍요롭지 못한 나의 영혼 때문일 뿐, 사랑 때문이 아니다. 오히려 우리는 사랑을 통해, 때로는 헤어지는 아픔을 통해 더 성숙해지고 내 영혼은 더 풍요로워지는 것이다.

　그러므로
　"내게 사랑이 또 올까?"
　라고 내 안의 내가 묻는다면
　나는 망설이지 않고
　"사랑은 또 온다."
　라고 말할 수 있으리라.

　우리는 아무나 사랑할 수 없다.
　또 아무 때나 사랑할 수 있는 것도 아니다.
　내 눈과 내 마음과 내 몸을 설레게 하는 사랑은 쉽게 찾아오지 않는다.
　그것은 인생이 아주 가끔씩만 우리에게 허락하는 선물이다. 아니, 축복이다.
　"너 살아 있니?"라고 묻는 영혼의 울림이다.
　느끼고, 전율하고, 슬퍼하면서도, 그 아픔을 가슴으로 받아 안으며 한 존재 앞에 나의 존재를 벌거벗기고 다가갈 수 있는 사랑, 나에게 다가오는 한 존재를 두 팔을 벌려 끌어안을 수 있는 사랑, 그런 사랑은 흔치 않다.

그러니 때가 왔을 때

사랑이 나의 가슴을 두드릴 때

그 또는 그녀가 내 곁에 있을 때 놓치지 마라.

이 시간이 언제 다시 사라질지 알 수 없으니, 우리가 사랑할 수 있을 때 더 사랑하는 것만이 내 영혼을 풍성하게 여울지게 하는 길이리라.

그러므로 사랑할 수 있을 때 더 사랑하라.

그대 곁의 그 여자를, 그대 곁의 그 남자를.

비록 두 개의 심장이 서로 상처주고 상처받게 될지라도 사랑을 버리지 마라.

－박은몽

01.
우리가
만난 게 우연
이라고요?

처음에는
그냥······

love is

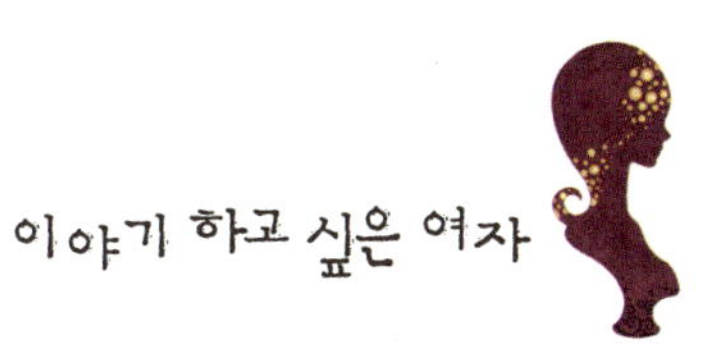

"그때는 말이야……."

오늘도 그는 이렇게 시작했습니다. 또 헤어진 여자 친구 이야기입니다.

옛 여자친구 이야기를 할 때면 그는 조금 쓸쓸해 보입니다. 헤어진 지 벌써 두 달이 지났는데도 여전히 그녀를 잊지 못하고 있는 듯합니다. 그녀의 이야기를 할 때마다 저렇게 쓸쓸해 하는 걸 보면 말입니다.

"걔는 키도 컸어. 구두를 신으면 나와 비슷했거든……."

그래, 그랬겠지……. 언제나 똑같은 넋두리를 듣자니 오늘은 왠지 내 심사가 뒤틀립니다.

“나를 만날 때면 꼭 긴 생머리를 풀고 나왔어. 내가 긴 생머리를 좋아하니까.”

어련하겠어……. 내 머리카락은 짧아서 미안하다…….

“가끔은 자기가 데이트 비용을 내면서 웃기도 했고.”

걔도 속으로는 조금 아까웠을 거야.

“처음에는 자기가 먼저 전화도 해주고 했는데.”

그건 나도 그러잖아. 언제나 내가 먼저 전화하잖아.

휴우…… 오늘따라 그의 모든 이야기에 짜증이 치밀어오릅니다.

공연히 심술이 나서 견딜 수가 없습니다.

그가 이야기를 늘어놓으면 늘어놓을수록 더 화가 납니다.

언제 끝이 날지도 모르게 이어지는 예전 여자친구 이야기.

제발 그만 해, 라고 말하고 싶은 기분이 들었지만 꾹 참고 대신 불쑥 이렇게 물었습니다.

“넌 아직도 걔가 그렇게 좋니?”

대신 골라잡은 대사치고는 너무 정곡을 찔렀나봅니다. 그는 선뜻 대답하지 못하고 나를 쳐다봅니다. 무슨 뜻이냐고 되묻는 것 같습니다.

갑자기 나도 모르게 얼굴이 화끈거립니다. 그래서 마음에도 없는 말로 능청을 떨었습니다. 얼마 전 헤어진 나의 전 남자친구 이야기를 꺼낸 것이죠.

"그래, 그래. 참 속상하겠다. 그 마음 내가 누구보다 잘 알잖아. 나도 그 오빠가 여전히 그리울 때가 있거든. 나 싫다고 떠난 사람인데도 자꾸 생각나는 거 보면 정말 좋아하긴 했나봐. 그치?"

그치? 하며 그의 눈을 슬쩍 보았습니다.

"아, 그래……."

그가 어정쩡한 표정으로 대답하는데, 그의 눈빛은 어두워졌네요.

내 말에 깊은 공감을 느꼈는지, 전 여자친구 생각이 간절해졌나 봅니다. 어떤 말을 해야 할지 몰라서 나도 남자친구 이야기만 계속 늘어놓았습니다.

"지나고보니 그 오빠만 한 사람도 없는 거 같아. 사실 나한테는 과분했는지도 몰라……."

그는 고개를 숙인 채 나의 이야기를 말없이 듣고 있습니다.

나는 그의 전 여자친구 이야기를 듣는 게 너무 힘들었는데, 그는 나의 전 남자친구 이야기를 듣는 게 그리 힘들어 보이지 않습니다.

평소처럼 고개를 끄덕이며 내 이야기에 공감을 보여주었습니다.

그런데 그 공감이 오늘은 나를 외롭게 하네요.

늦은 밤, 그는 언제나처럼 오피스텔까지 나를 데려다 주고 돌아갔습니다. 방에 들어가니 채연이 돌아보며 묻습니다.

"너 얼굴 표정이 왜 그래?"

나와 함께 살고 있는 친구 채연입니다. 우리는 보증금과 월세를 반씩 부담해 오피스텔에서 함께 살고 있습니다. 난 채연을 붙잡고 한참 수다를 떨었습니다. 울적한 기분을 털어버리려고 말입니다.

그런데 내 이야기를 가만히 듣던 채연이 뜬금없이 이렇게 물었습니다.

"너…… 종태 좋아하는 거 아냐?"

"뭐라고?"

깜짝 놀랐습니다.

"아니야, 우린 친구일 뿐이야."

난 당황해서 이렇게 말했습니다.

"친구일 뿐이면 왜 그 여자 이야기에 네가 속이 상하냐? 딱 보니까 좋아하는 거네."

채연의 말이라서 더 무게가 실립니다. 그녀는 나와 동갑인 대학교 1학년인데도 벌써 연애 경험이 여러 번 있는 자칭 타칭 '연애 박사'거든요.

갑자기 처음 종태와 가까워지던 무렵이 생각났습니다.

그는 여자친구와 이별한 직후였고 나 역시 그랬습니다.

그냥 같은 과 동기로만 지내던 우리는 어느새 친한 사이가 되어갔습니다.

점심도 같이 먹고, 가끔 만나 영화도 같이 보고, 수업도 같이 들었습니다.

우리를 가장 가깝게 만들어주었던 것은 바로 서로의 '상처'였습니다. 그도 나도 이별의 상처를 안고 있었기에 서로의 이야기를 들어주면서 위안을 얻었던 것입니다.

나의 이야기를 들어주고 고개를 끄덕여주고 이해해주고 공감해줄 사람이 너무나 필요했거든요.

사랑을 한 번도 해보지 못한 친구들이나, 지금 한창 사랑에 빠져 있는 친구들에게 이야기해봐야 마음만 공허할 뿐이었습니다.

하지만 종태에게 이야기하면 메아리가 돌아왔습니다. 공감의 메아리가…….

그 안에 또 다른 내가 들어 있는 것 같았습니다.

그런데 요즘은 전 여자친구에 대한 그의 말에 공감이 가지 않습니다.

아니, 공감하고 싶지 않았습니다. 나를 앞에 두고 전 여자친구 이야기만 하는 그가 서운하게 느껴졌습니다. 채연이 던지는 한마디가 계속 귓가에서 떠나지 않습니다.

너, 종태 좋아하는 거 아냐?

그 말이 왜 내 가슴을 흔드는 것일까요? 마치 가슴 속에서 하얀 꽃잎들이 마구 바람에 흩날리고 있는 듯 아련하기만 하네요. 그가 나에게 특별한 사람이 되어가는 것일까요?

18

그녀가 이상했습니다. 평소에는 늘 밝은 표정으로 나의 이야기를 잘 들어주는 편인데 오늘은 그렇지 않았습니다. 처음 나올 때부터 기분이 좋아 보이지 않았습니다.

이제 나의 이야기가 지겨워진 것일까요?

요즘 들어 그녀가 나의 이야기에 귀 기울이지 않고 있는 것 같은 느낌이 종종 듭니다.

문득 내 자신이 답답합니다. 재미있는 이야기와 유머로 어떤 자리에서든지 빛이 나는 사람이었으면 좋겠습니다. 그런 친구들이 부럽습니다.

그런 재능이 있다면 그녀를 더욱 즐겁게 해줄 수 있을 텐데.

나는 말재주가 없습니다. 유머 감각도 없습니다. 늘 시시콜콜한 이야기밖에 할 줄 모릅니다. 친근하고 편안하게 대화하는 법도 모릅니다.

고작 한다는 게 예전 여자친구 이야기나 늘어놓고 있으니…….

나도 지겨운데 그녀는 얼마나 지겨울까요.

처음에는 그냥 같이 있기만 해도 편했습니다. 그녀에게 내 이야기를 하고 그녀의 이야기를 들어주는 시간이 좋았습니다.

그녀와 함께 있다 보면 나를 차버리고 떠난 여자친구에 대한 기억도 희미해지고 상처 입은 자존심이 위안을 받았습니다.

그런데 요즘에는 뭔가 달랐습니다. 그녀 앞에만 서면 무슨 말을 해야 할지 몰라 매일같이 하던 이야기만 또 되풀이하게 됩니다. 그녀가 재미없어 한다는 것을 느끼면서도 다른 이야기가 잘 떠오르지 않습니다. 왜 그런지 그녀 앞에 가면 할 이야기가 점점 없어집니다. 아니, 하고 싶은 말은 많은데 입에서 나오질 않습니다.

그녀를 데려다 주고 학교 앞에서 하숙을 하는 친구를 찾아갔습니다.

친구는 막 아르바이트를 하고 들어온 참이라며 나를 맞이했습니다. 한숨만 푹 쉬며 침대에 걸터앉자 친구가 내게 물었습니다.

“왜 그래?”

“선미 만나고 왔어.”

"그런데?"

"그냥 좀 이상해."

"뭐가?"

"나하고 있는 게 싫은 거 같아. 옛날 남자친구 이야기나 하고."

"그게 무슨 문제냐? 선미가 네 여자친구도 아닌데."

"어……?"

순간 친구의 말에 새삼 깨달았습니다. 선미와 내가 그냥 친구 사이라는 것을요. 선미는 예전 남자친구를 잊지 못해 위로 받기 위해 나와 친해졌을 뿐이라는 사실을요.

친한 친구로 지내는 동안 나도 모르게 점점 착각에 빠져들었나 봅니다. 그녀가 마치 내 여자친구라도 되는 양 생각해버린 것입니다.

그런데 정말 친구 사이에 불과하다면 왜 선미가 전에 만나던 남자친구 이야기를 할 때 화가 났을까요?

갑자기 내가 우스워집니다.

그녀는 아무런 감정도 못 느끼는데 또다시 나 혼자 절절매고 있다니 말입니다.

처음엔 그냥 친구인 줄만 알았습니다.

그녀하고 마주 앉아 있으면 '어쩜 저렇게 나하고 똑같은 생각을 할까?' 하며 마치 또 하나의 나를 보는 양 편안했습니다.

내가 무슨 이야기를 해도 다 받아주고 따뜻한 시선으로 바라봐주는 나의 분신을 만난 듯 편안한 그녀가 사랑일 수 있을까요?

이렇게 편안하고 따뜻한 느낌도 사랑일 수 있을까요?

사랑하는 이와 멀어지면
가까이 있는 이를 사랑하게 된다

〈피니언의 무지개〉 중에서 _하르부르그

때로 우리는 먼 곳만을 바라보느라 가까이 있는 사람을 보지 못한다. 너무 가까이 있기에 그의 향기, 그의 목소리, 그의 손길은 익숙한 일상이 되어버린다. 그러나 진정한 사랑은 언제나 가까이에 있다. 나의 향기, 나의 목소리, 나의 손길을 너무나 잘 알고 있는 그 누군가를 어느 순간 발견한다면 그가 바로 사랑이다. 멀리 있는 사람을 사랑할 수 있는가. 만질 수 없고 느낄 수 없고 다가갈 수 없다면, 그건 진실한 사랑이 될 수 없다. 사랑을 사랑하는 감미로운 허상일 뿐. 그 허상은 아무리 감미롭다 해도 내 영혼을 흔들어 놓을 수가 없다. 내 삶의 한 귀퉁이라도 따뜻하게 안아줄 수 없다. 너무나도 멀리 있기에.

그녀가 처음
울던 날

love is

그에게 전화를 걸어볼까 말까 망설였습니다. 참 이상한 일입니다.

수시로 아무 때나 전화해서 "밥 먹었어? 뭐 해? 영화 볼까?" 하던 나였는데 오늘은 왠지 내가 먼저 전화하는 게 조심스럽게 느껴집니다. 혹시 먼저 전화하면 나의 마음을 들켜 버릴까봐 염려가 되기도 합니다.

그래도 용기를 내보기로 했습니다. 어렵게 용기를 냈는데, 그가 전화를 받지 않았습니다. 하는 수 없이 그냥 끊었습니다.

'일부러 안 받는 걸까?'

문득 걱정이 됩니다. 하지만 일부러 내 전화를 피할 이유가 없습니다. 그는 나의 마음을 전혀 모르고 있으니까요. 우린 그냥 친구일 뿐이니까요.

그래서 다시 전화를 걸었습니다. 한참 음악이 나오더니 그가 받았습니다.

"어디야?"

내가 물었습니다.

"어……친구 동생이 이사하는데 도와줄 사람이 없다고 해서……."

어쩐지 친구 동생이라는 말이 마음에 딱 걸렸습니다. 그래서 한 번 더 물었습니다.

"친구 동생 누구?"

순간 침묵이 흘렀습니다. 그는 어떤 말을 해야 할까 망설이는 듯하더니 말합니다.

"수경이……."

수경이?

그 이름을 듣자마자 가슴이 철렁 내려앉았습니다.

나는 수경이란 여자를 잘 알고 있습니다. 한 번도 직접 본 적은 없지만 너무나 잘 알고 있죠.

그녀는 머리카락이 길고, 키가 늘씬한 편입니다. 그를 만날 때면 늘 긴 생머리를 풀고 나오고, 그가 데이트 비용이 없을 때면 잔잔하게 웃으며 대신 계산을 해주곤 했습니다. 밥을 먹을 때면 생선 가시를 발라 얹어주곤 했다는 상냥한 여자입니다.

그에게서 귀가 닳도록 그녀의 이야기를 들었습니다. 지난 두 달 동안 그와 만날 때면 우린 수경이 이야기만 했으니까요.

나는 수도 없이 그녀의 모습을 혼자서 상상해보곤 했습니다.

마치 직접 만나본 사람처럼 눈에 선합니다.

너무나 아름답고 매력적인 모습입니다.

그녀의 아름다운 모습이 떠오르자 나는 화가 났습니다.

그래서 이렇게 말하고 말았습니다.

"너는 아직까지 수경이 일이라면 발 벗고 나서야 하는 거니?

너는 아직도 걔를 좋아하는 거야?"

화를 내려고 했는데, 그에게 한껏 쏘아붙이려고 했는데 어쩐 일인지 내 목소리는 화난 목소리가 아니었습니다. 나는 말끝도 다 잇지 못하고 울먹였습니다.

그는 아무 말도 하지 않았습니다. 나는 그만 전화를 끊어버렸습니다.

울먹이는 내 모습이 부끄럽기 짝이 없었습니다.

수경이라는 여자는 그의 친구 동생입니다. 친구가 곧 군 입대를 하기 때문에 아마 다른 집으로 이사를 하는 모양입니다. 그래서 친구를 도와주러 간 게 분명합니다.

나는 화를 내면 안 되는 사람입니다. 왜냐하면 그와 나는 그냥

'친구'이니까요.

자꾸 그 사실을 잊게 됩니다. 아니, 자꾸 그 사실을 잊고 싶어집니다. 그래서 나도 모르게, 만난 적도 없는 수경이라는 여자가 미워집니다. 정말 밉습니다. 도대체 어떤 매력이 있기에 헤어진 후까지 그의 마음을 온통 차지할 수 있는 걸까요?

나는 그를 바로 앞에 두고도 그의 마음을 얻지 못하는데 말입니다.

이제 어떻게 할까요? 그는 여전히 나를 친구로만 생각하는데, 나 혼자 이제 어떻게 할까요?

아무 일도 없다는 듯 그를 태연하게 대할 수 있을까요?

이대로 자꾸만 더 그를 좋아하게 되면 나는 어떻게 할까요?

아니, 이미 내 마음 한가운데 자리 잡아버린 이 버거운 감정을 내가 감당할 수 있을까요?

아, 내가 바보입니다. 나는 그저 친구의 부탁으로 함께 가준 것뿐입니다.

친구의 부모님은 시골에 계시고 친구와 수경은 함께 자취를 했습니다. 그런데 친구가 곧 군대에 가기 때문에 수경이 혼자 이모네 집으로 이사를 가게 되었거든요.

친구는 재수를 해서 나보다 한 살이 많은 탓에 대학교 1학년임에도 일찌감치 입대하게 되었습니다. 난 그저 친구를 위해 이삿짐 나르는 일을 도와준 것뿐입니다. 그 일이 선미에게 그토록 불편할 거라는 건 꿈에도 생각지 못했습니다.

"누구 전화야?"

수경이 물었습니다. 곁에 있던 친구도 물었습니다.

"누군데 그래?"

나는 두 사람을 돌아보았습니다. 갑자기 정신이 멍합니다.

선미의 울먹이는 목소리만 귓가에 맴돌았습니다. 나는 아무 생각도 나지 않았습니다.

"왜 그러냐니까?"

친구가 다시 물었습니다. 하지만 그녀가 울먹이면서 전화를 끊어 버린 것만이 생생하게 다가왔습니다. 뭔지 모르지만 내가 큰 잘못을 저지른 게 틀림없습니다.

나는 최근에 있었던 일들을 하나씩 다 생각했습니다. 도대체 그녀가 무엇 때문에 화가 났는지 알아보려는 것이었습니다.

그러나 아무리 생각해도 특별히 그녀를 화나게 한 기억이 나지 않습니다.

그녀의 마지막 말이 귓가에 맴돕니다.

"너는 아직까지 수경이 일이라면 발 벗고 나서야 하는 거니? 너는 아직도 걔를 좋아하는 거야?"

아니! 그런 거 아닌데……. 아직 수경을 좋아하다니요!

그건 전혀 말도 안 되는 오해입니다.

도대체 뭐가 그녀의 마음을 불편하게 만든 것일까요?

"나 그만 가야겠어."

“야 임마, 더 도와주고 가야지.”

친구가 섭섭하다는 듯 말합니다. 수경도 옆에서 뽀로통해집니다.

그녀는 자기 일이라면 열 일을 제치고 달려왔던 나의 지난 모습을 생각하나봅니다.

나도 헤어진 여자친구에게 멋있는 남자로 기억되고 싶긴 하지만 지금 이 순간 나에게 소중한 사람은 수경이 아닙니다.

나에게 지금 가장 중요한 것은 곧 군대에 가는 고향 친구도, 옛날 여자친구도 아니었습니다. 바로 선미, 그녀였습니다.

아니, 그녀가 울고 있다는 사실이 무엇보다 마음에 걸렸습니다.

뭔지는 모르지만 그녀가 나 때문에 속상해서 울고 있는 게 분명했습니다.

나는 그녀를 슬프게 만들고 싶지 않습니다.

나는 그녀를 포근하게 해주고 싶고, 따뜻하게 해주고 싶습니다.

내가 그렇게 만들어주고 싶습니다.

“나 급한 일이 있어서 가봐야겠다!”

친구와 친구 동생인 수경을 뒤에 두고 그 자리를 떠나왔습니다.

그녀를 만나야겠습니다.

선미를.

나의 눈을 말없이 바라봐주던 그녀.

나의 푸념도, 나의 옛날이야기도 마치 자기 이야기인 양 따뜻하게 감싸주던 그녀.

나의 하루를 따뜻한 온기로 채워주던 그녀.

그녀가 지금 당장 보고 싶습니다.

더 이상 기다릴 시간이 없습니다.

무엇이 나를 이토록 강하게 끌어당기는 것일까요?

사랑이 그대들을 부를 때 그를 따르라
비록 그 길이 험하고 가파를지라도
사랑의 날개가 그대들을 감싸 안을 때
사랑에 몸을 맡겨라
비록 사랑의 날개 속에
숨은 칼이 그대들을 상하게 할지라도……

〈예언자〉 중에서 _칼릴 지브란

기꺼이 평화를 내주고 전쟁을 선택하는 일, 이제까지의 평안을 포기하고 상상할 수 없는 아픔을 감수하는 일, 섶을 지고 불길 속으로 뛰어드는 일, 그것이 사랑이다. 그럼에도 불구하고 불 속에서 행복하다고 느끼는 모순의 극치, 역설의 진실이 바로 사랑이다. 두 영혼이 맞닥뜨려 흔들린 다음에야 아픔도 행복이 되고 슬픔도 감미로움으로 다가온다.

이슬람 사원
앞에서

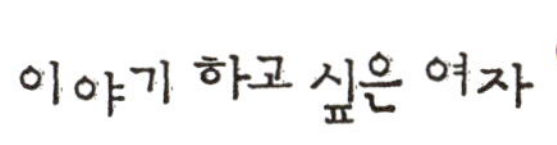

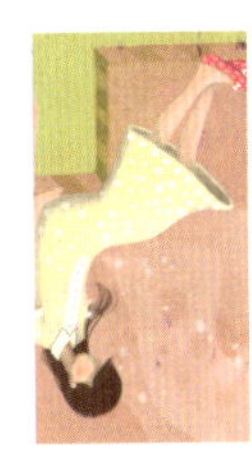

바보 같이 눈물이 났습니다. 좀 더 태연하게 아무 일도 아닌 것처럼 담담하게 말해야 했는데, 목소리는 떨리고 화가 났습니다.

아니, 슬픔이 밀려왔습니다.

그가 예전 여자친구와 함께 있다는 걸 아는 순간 지독한 외로움이 나를 슬프게 만들었나봅니다.

학교 벤치에 우두커니 앉아 있는데 핸드폰이 울립니다. 그의 번호입니다. 받고 싶었지만 받지 않았습니다.

아직도 내 마음은 진정이 되지 않아 어수선했기 때문입니다.

벨소리가 한참 울리다 끊어집니다. 일부러 받지 않았는데 막상 끊어지니 왠지 서운합니다. 그가 나와의 통화를 너무 쉽게 포기하는 것 같아서요.

그런데 잠시 후 다시 울리기 시작합니다.

받을까 말까 망설이면서 손가락이 움찔움찔 합니다.

하지만 역시 받을 수 없었습니다. 전화를 받으면 마치 '나, 너를 좋아하게 됐어.' 하고 말해버리는 것만 같게 느껴집니다. 벨소리가 다시 멎었습니다.

살짝 고개를 들어 벤치 앞 호수를 바라봤습니다.

호수 주변 여기저기에는 학생들이 나와 이야기를 나누고 있었습니다. 남학생들이 한쪽에 모여 담배를 피우는 모습도 보였습니다.

나만 혼자인 것 같습니다. 전화벨이 울리고 있을 때는 그래도 혼자가 아니었는데, 그 소리마저 멈추고 나니 나는 온전히 혼자가 되었습니다. 그의 빈자리가 더욱 커집니다.

곧 해가 지려고 합니다. 아주 오랫동안 벤치에 혼자 앉아 있었나 봅니다.

여전히 나는 혼자입니다. 이제 집으로 돌아가야 할 텐데 발길이 떨어지지 않습니다.

무언가 잃어버린 게 있는 듯 허전하고 아련합니다.

도대체 뭘 기다리는 거야, 뭘 잃어버렸다고 이러는 거야, 하고 자조 섞인 목소리로 중얼거리고 있을 때 문득 익숙한 목소리가 들렸습니다.

"선미야!"

그의 목소리였습니다. 깜짝 놀라 뒤를 돌아보며 벤치에서 벌떡 일어섰습니다.

정말 뜻밖에도 그가 서 있었습니다. 어떻게 나를 찾아왔을까요?

그는 정신없이 달려온 사람처럼 허둥대고 있는 모습입니다.

"종태야……. 어쩐 일로……."

"어쩐 일이라니……. 네가 울면서 전화 끊었잖아. 도대체 무슨 일이야? 걱정했잖아."

"……."

나를 걱정하는 그의 표정에 가슴이 설렙니다.

그에게 내가 소중한 사람인 것일까요? 이제 내 마음을 눈치챈 것일까요? 가슴이 두근거렸습니다. 나의 마음이 그의 마음에 가닿았을지도 모른다는 기대가 설렘과 기쁨을 몰고 왔습니다.

그런데 갑자기 그가 사과를 합니다.

"아무튼 미안해. 기분 풀어."

뜬금없는 사과에 내가 오히려 당황스러워 물었습니다.

"내가 뭘 잘못했는데?"

"그, 그냥…… 전반적으로 다……."

피식 웃음이 나왔습니다. 그는 아무것도 모릅니다. 내가 무엇 때문에 화가 났는지…….

그는 내 마음을 헤아려서가 아니라 그냥 아이처럼 놀라서 뛰어왔나 봅니다. 마치 화가 난 엄마의 눈치를 보는 아이 같습니다.

그래도 왠지 싫지만은 않습니다.

그의 눈에는 나에 대한 걱정과 염려가 가득했으니까요.

입 맞추고 싶은 남자

그녀가 깜짝 놀라 뒤를 돌아봤습니다. 마치 잃어버린 반지라도 찾은 듯 놀란 표정입니다.

"종태야, 어떻게 알고 왔어?"

그녀가 눈을 동그랗게 뜨고 묻습니다.

"네가 숨어봤자 여기지. 너 울적할 때면 맨날 학교 캠퍼스 호숫가 벤치에 앉아 있곤 한다고 그랬잖아."

"너는…… 그런 걸…… 다…… 기억해……."

그녀의 우울한 얼굴에 살포시 미소가 떠오르는 듯합니다.

"도대체 너 왜 화가 난 거야? 왜 울었어? 걱정했잖아."

그녀는 말없이 웃습니다. 이제 됐습니다. 그녀가 울지 않고 웃으니까요.

그녀가 왜 울었는지 왜 화가 났었는지는 중요하지 않습니다.

시골길을 달리는 낡은 버스 차창처럼 덜컹대던 내 마음도 조용하게 안심이 됩니다. 그녀가 좋아하는 떡볶이로 저녁식사를 하고, 그녀가 좋아하는 자판기 커피를 마셨습니다.

이미 해는 저물고 주변은 캄캄해졌습니다. 왠지 오늘은 그녀와 좀 더 있고 싶었습니다. 그녀와 더 가까워지고 싶었습니다.

우리는 무작정 걷다가 한남동까지 가버렸습니다. 문득 내가 말했습니다.

"우리 이슬람 사원 가볼까?"

우린 지하철을 타고 이태원역에서 내려 사원까지 걸어갔습니다.

어둑어둑함 속에 흰색 돔형 건물이 보였습니다.

언덕을 따라 안으로 들어갔습니다.

성전 안은 불이 다 꺼져 있었습니다. 어둠보다 더 깊은 고요함이 느껴졌습니다.

사원을 나와 근처 언덕 위에 있는 공원에 갔습니다. 먼발치에서 어둠 속을 지나가는 지하철 차창의 불빛이 보였습니다.

그녀하고는 아무리 시시콜콜한 이야기를 해도 모두 재미있습니다. 그녀는 나의 어떤 말도 진지하고 재미있게 들어주는 놀라운 능력을 가지고 있습니다.

동네 골목을 걸어 내려가다가 좁은 계단이 나왔습니다.

계단을 한 칸 한 칸 내려갈 때마다 그녀의 팔이 나의 팔에 닿았습니다. 그녀의 손끝이 나의 손끝에 닿았습니다.

한 번, 두 번…….

'우리가 만난 게 우연이 아니라면 그녀의 손끝이 닿는 것도 우연이 아니지 않을까?'

그런 생각을 해봤습니다.

우연이 아니라면 지나쳐 가기 전에 잡아보고 싶었습니다.

세 번째, 그녀의 손끝이 닿았습니다.

나는 살며시 그녀의 손끝을 잡아봤습니다. 그녀의 가느다란 새끼손가락 하나가 내 손에 들어왔습니다. 하지만 아주 잠깐이었습니다. 그녀는 부끄러운 듯 살며시 손을 뺐습니다.

"지하철 끊기겠다……."

뜬금없이 그녀가 이렇게 말했습니다.

아쉬움이 밀려들었습니다. 좀 더 강하게 잡을 걸 그랬나봅니다.

나는 그녀 몰래 혼자 웃음을 지었습니다.

그녀의 옆얼굴을 바라봤습니다. 어둠 속에서 그녀의 볼이 하얀 달빛처럼 은은하게 빛납니다.

그녀가 내 옆에 있는 밤…….

그날 밤 조용히 그녀가 내 마음에 들어왔습니다.

41

그건 아주 먼 옛날부터 나를 기다리고 있던 우연 같습니다. 아니,
필연 같습니다.

누군가는 말했죠. 피할 수 없는 게 운명이 아니라 정녕 피할 수 있
는데 피하지 않는 것이 운명이라고.

남자도 가슴이 설렐 수 있나봅니다.

한 사람이 누군가를 선택한다는 것은 '치명적 이끌림'이다

〈LOVE(사랑에 대해 알아야 할 모든 것)〉 중에서 _아알라 말라크 파인스

하늘의 별만큼 많은 사람들 중에 왜 하필 너였을까? 네가 아닌 다른 사람일 수도 있는데, 왜 나는 너에게 이끌린 것일까? 나 아닌 다른 사람일 수도 있는데 왜 너는 나에게 이끌린 것일까? 우리는 아무런 이유도 모른 채 나 아닌 다른 누군가를 사랑하게 되곤 한다. 하지만 아무것도 아닌 존재가 나의 영혼을 움직일 수는 없으리라. 내 영혼이 기다려온, 내 영혼이 갈망해온 그 무엇인가를 그 사람이 지니고 있기에, 그 무엇인가가 내 가슴 속의 잠자던 열정을 깨웠기에 비로소 우리는 눈을 들어 그 또는 그녀를 바라본다. 그리고 다시 바라본 그 또는 그녀는 이전과는 다른 존재다. 나에게만은 특별한, 나의 영혼을 깨운 아주 특별한 존재가 되어 있다. 그러므로 왜 그를 사랑하게 됐는지 묻지 마라. 그것은 내 영혼이 스스로 선택한 운명이다.

02.
고백까지
얼마 걸리지
않았습니다

입 맞춰도
될까요?

love is

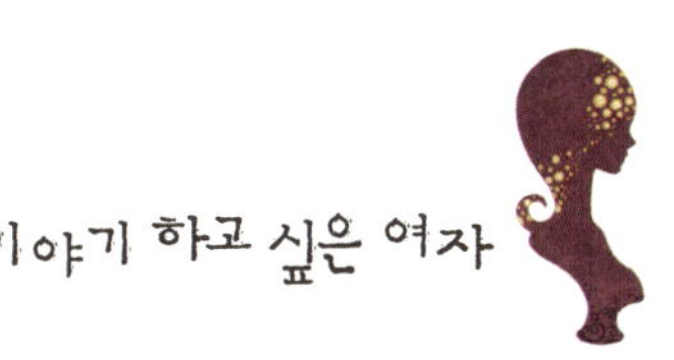

47

단 하루도 그를 만나지 않은 날이 없습니다.

아침이면 같이 만나 도서관으로 가고, 낮에는 도서관에서 함께 공부하다가 같이 학교식당에서 점심을 먹고, 저녁이 되면 같이 학교를 나왔습니다.

그는 늘 채연과 함께 사는 오피스텔까지 저를 바래다주었죠.

같이 사는 친구인 채연이 부러워할 정도입니다.

참 신기합니다.

매일 매일 보는데도 매일 매일 새로운 세계가 펼쳐집니다. 별다른 것도 없는 비슷한 일상이 펼쳐지는데도 매 순간이 생생하게 살아서 움직이는 듯합니다.

그가 나에 대해서 말합니다.

"너 처음 봤을 때……."

"네가 처음 울었을 때……."

나는 또 그에 대해서 말해줍니다.

"너는 나와 정말 비슷해."

"너는 철없는 다른 남자애들과는 좀 다른 거 같아……."

우린 서로가 서로에 대해 말합니다. 자신의 눈에 비친 상대방의 모습을 서로에게 이야기해줍니다.

나 아닌 누군가에게 이처럼 온전하고도 살뜰한 관심을 받아본 적이 있었을까요. 나는 마치 특별한 사람이 되어가는 듯합니다.

그의 눈이라는 창을 거치면 초라하고 평범한 나라는 존재가 어느새 정말 매력 있고 특별한, 남다른 존재가 되어 있습니다.

나의 존재가 누군가에게 투영되어 아름답게 성숙하고 있습니다.

"나도 그 영화 재미있게 봤는데."라는 말부터 시작해서 "나도 방금 그 말 하려고 했는데." 하는 탄성까지.

우리는 '나도'라고 말할 일이 너무나 많습니다.

또 우리는 우리의 미래에 대해서도 이야기를 나누었습니다.

"우리 어학연수 같이 가자!"

"어학연수?"

우리는 마주보고 웃었습니다. 마치 신혼여행을 가자는 말 같아서 민망해졌습니다.

그날도 우리는 학교식당에서 같이 점심식사를 하고 나오는 길이었습니다.

그런데 입구에서 한 여자와 마주쳤습니다. 그녀는 훤칠한 키에 딱 붙는 청바지를 입고, 운동화를 신었는데 자꾸 우리를 바라보는 겁니다.

느낌이 이상했습니다.

그녀가 아니라 그가 말입니다. 조금 어색한 표정이었거든요.

훤칠한 키에 운동화를 신은 이름 모를 그 여자는 자기 친구들과 함께였는데, 그 친구들도 우리를 힐끔힐끔 쳐다봤습니다.

그녀와 나는 순간적으로 눈이 마주쳤습니다. 그때 그가 말했습니다.

"선미야, 어서 가자……."

그가 나지막한 목소리로 멋쩍게 웃으며 말했습니다.

나는 대답 대신 앞서 걸어가는 그에게 다가가 먼저 손을 잡았습니다. 그는 조금 놀란 듯한 눈으로 나를 돌아봤습니다. 나는 그저 빙그레 웃었습니다.

말하지 않아도 나는 알 수 있었습니다. 그 여자가 그의 전 여자친구라는 것을 말입니다.

나는 그 여자 앞에서 그와 함께 당당하고 싶었습니다.

내 사랑이니까요, 나와 그의 사랑이니까요.

그 누구도 우리 둘 사이에 끼어들 수 없다는 것을 그 여자에게 또 그에게도 말해주고 싶었습니다.

그리고 그녀는 내가 상상한 것처럼 아름다운 모습은 아니었습니다. 키는 나보다 컸지만 그다지 눈에 띄는 미인은 아니었습니다. 그래서인지 나는 콧노래가 흘러나왔습니다.

나는 그의 손가락 사이에 내 손가락을 끼고 힘을 꽉 주어 살짝 흔들었습니다.

눈이 부시게 푸르른 가을날이었습니다.

그렇게 우리는 손을 잡은 채로 말없이 한참 동안 걸었습니다.

손끝으로 그의 체온이 전해집니다.

그녀의 손은 아이처럼 작고 따뜻했습니다.

한손에 폭 다 들어온 그 손이 그렇게 따뜻하고 고마울 수가 없었습니다.

그녀가 내민 것은 손 하나였지만 나에게 와 닿은 것은 그녀의 마음이었습니다.

"나 어렸을 적에 말이야……."

"나 초등학교 때 말이야……."

"우리 엄마는……."

"우리 아빠는……."

날마다 하나씩 그녀에 대해 알아가고 있습니다.

그녀는 수학보다 국어를 좋아했고, 많은 친구들보다는 친한 친구 몇 명과 깊이 사귀는 편이며, 공포영화를 싫어합니다.

싫은 것은 너무 싫고, 좋은 것은 정말 좋답니다.

싫어하는 사람은 너무 싫어하고, 좋아하는 사람은 또 너무 좋아하죠.

이다음에 꼭 몰티즈 강아지를 키우고 싶어 하고, 밥보다는 순대나 떡볶이를 더 자주 먹는 분식 마니아입니다.

앞으로도 그녀에 대해서 알고 싶은 게 계속 많이 있었으면 좋겠습니다.

나는 그녀의 손을 내 손 위에 포갠 채 그 작은 손을 내려다봤습니다. 살짝 보이는 손가락 마디도, 몽땅한 손톱 모양도 귀엽고 무슨 의미가 담긴 듯 비밀스럽게 느껴집니다.

그녀의 손가락을 하나하나 들여다봅니다.

고개를 들어 그녀의 눈을 봅니다. 그리고 오뚝한 코와, 작은 입술……. 발그레한 볼도, 그 옆의 귓불도. 나의 눈은 천천히 그녀의 얼굴 구석구석을 바라봅니다.

바람이 불자, 그녀의 머리카락이 흩날리며 눈앞을 가립니다. 그녀는 살짝 내 손에서 자기의 손을 빼내 머리카락을 쓸어넘깁니다.

빠져나가는 그녀의 손이 너무 아쉽습니다.

내 손끝에 그녀의 체온이 남았습니다. 체온 안에는 그녀가 오롯이 들어 있습니다. 그녀 손길의 느낌이 그대로 전해집니다.

그녀는 어디에든지 존재합니다. 바람처럼 나를 둘러싼 모든 공간에 가득 채워져 있는 것 같습니다.

"우리 오늘 영화 보러 갈까?"

그녀가 밝게 웃으며 내게 말했습니다.

살짝 드러난 그녀의 토끼 이빨조차 낭만적이네요.

나도 모르게 그녀의 어깨에 손을 얹을 뻔했습니다.

차라리 나도 모르게 그냥 손을 올렸으면 좋았을 텐데…….

그저 가슴만 뛸 뿐입니다. 손끝에 남은 그녀의 체온이 너무 아쉽습니다. 그녀에게 더 가까이 다가가고 싶습니다.

영화를 보고나서 그녀가 한참 동안 수다를 늘어놓습니다. 영화의 분위기가 어쨌다느니, 남자 주인공이 어쨌다느니, 여자 주인공이 어쨌다느니…….

나에게는 한마디도 귀에 들어오지 않습니다. 나는 오물오물 이야기를 늘어놓는 그녀의 입술만 쳐다보고 있었습니다.

나는 그냥 그녀의 모든 말이 좋아서 고개만 끄덕였습니다.

그런데 그녀는 이렇게 말했습니다.

"너하고는 정말 이야기가 잘 통하는 거 같아. 우린 정말 비슷하지 않니?"

나는 그녀의 모든 게 좋을 뿐입니다.

“다음엔 무슨 영화 볼래?”

그녀 손에는 상영 예정작 포스터가 들려 있습니다.

〈그 여자 작사 그 남자 작곡〉이라고 쓰여 있네요. 그래서 나는 대답했습니다.

“〈그 여자 작사 그 남자 작곡〉 그거 보고 싶다.”

“어머, 정말? 나도 그거라고 생각했는데. 우린 정말 잘 통해.”

나는 빙긋 웃었습니다. 사실 영화보다 묻고 싶은 게 있습니다.

우리 다시 손잡고 걸을까?

아니,

나 입 맞춰도 될까?

또 아니,

그녀는 이렇게 말하겠죠.

그녀와 눈이 마주쳤습니다. 나는 화들짝 놀라 나도 모르게 그만 고개를 떨어뜨렸습니다.

나는 그녀와 좀더 가까워지고 싶을 뿐입니다.

아침에 눈을 뜨면 제일 먼저 그녀가 생각납니다.

매일 잠들 때마다 조금 전까지 통화하던 그녀 목소리가 귓가에 잔잔하게 여운을 남깁니다.

어쩌면 꿈에서도 그녀와 함께 있는지 모릅니다.

기억나지 않는 꿈도 달짝지근한 느낌으로 다가오는 걸 보면 분명

꿈에서도 그녀가 나온 게 틀림없습니다.

　　이런 걸 사람들은 사랑이라고 하는 걸까요?

　　나도 지금 사랑을 하고 있는지도 모르겠습니다.

우리가 존재한다는 것을 보아주는 사람이
나타날 때까지 우리는 사실상
존재하지 않는다는 말이 맞는지도 모른다
우리가 하는 말을 이해하는 사람이 나타날 때까지
우리는 제대로 말을 할 수 없는지도 모른다
사랑을 받기 전까지 우리는
온전하게 살아 있는 것이 아니다

〈왜 나는 너를 사랑하는가〉 중에서 _알랭 드 보통

우리가 얼마나 외로웠는가는 우리가 사랑하는 사람을 만났을 때 얼마나 행복하는가를 보면 알 수 있다. 마치 막혀 있는 둑이 무너져 물이 흐르기 시작하는 것처럼, 마치 겨우내 얼어 있던 눈이 봄 햇살에 한꺼번에 녹아내리는 것처럼, 마치 단 한 번도 세상을 보지 못하던 사람이 처음 눈을 뜬 것처럼 그렇게 새롭고 생생하게 자신을 토해내기 시작한다. 아주 작고 미세한 감정의 떨림까지 놓치지 않고 함께 공감해주는 그 사람을 만났기에. 사랑받는다는 것은 나의 존재를 온전하게 내가 원하는 방식으로 이해받는 것이다.

네가 먼저
고백해!

love is

59

그는 아직 한 번도 나에게 사랑한다고 말한 적이 없습니다.

표현이 중요한 것만은 아니라고 생각합니다. 마음속에 진실함이 들어 있느냐가 중요하겠죠. 그의 따뜻한 미소, 친절한 말, 나에 대한 배려, 그런 것들만으로도 그가 나를 아끼고 있다는 것을 믿을 수 있으니까요.

하지만 왠지 허전합니다.

뭔가 아주 멀리까지 잘 풀릴 것 같이 솜사탕처럼 달달한 꿈을 꾸다가 막연한 먹구름을 감지한 것 같은 기분이 듭니다.

친구들은 호기심을 보이며 이렇게 묻곤 합니다.

"둘이 있을 때 종태는 어때? 다정한 편이지, 그치?"

맞습니다. 그는 자상합니다. 그래서 나는 자신 있게 다정하다고 친구들 앞에서 말할 수 있었습니다.

"고백은 어떻게 했어? 어디서 했는데?"

하지만 친구들이 이렇게 물으면 난 할 말이 없습니다. 그는 아직 한 번도 나에게 고백하지 않았기 때문입니다. 하루는 자칭 타칭 연애 박사인 채연에게 나의 고민을 털어놓았습니다. 채연은 내게 이렇게 충고했습니다.

"바랄 걸 바래라. 종태가 좀 우유부단한 편이잖아."

우유부단? 나는 한 번도 그가 우유부단하다고 생각해본 적이 없었습니다.

채연의 말을 들으니 왠지 기분이 상하려 했습니다. 그런데 그다음 말이 기다리고 있었습니다.

"그런 남자는 여자가 리드해 줘야 해."

여자가 리드하라고?

그 말은 왠지 답답한 내 마음에 해답을 주는 것 같습니다.

내가 듣고 싶은 말을 채연이 해주었다고나 할까요?

아니면 나도 미처 생각지 못하던 해답을 찾았다고 할까요?

그의 오랜 침묵에 지친 나는 차라리 그 침묵을 '나'라도 먼저 깨고 싶은 마음이 굴뚝같던 차였으니까요.

그는 왜 내게 고백하지 않는 걸까요? 장난으로라도 좋아한다고, 사랑한다고 말할 법도 한데, 아직 아무 말도 하지 않습니다.

처음엔 '아직 사귄 지 얼마 안 되었으니까' 하고 생각했지만 지금쯤은 그의 고백이 듣고 싶습니다.

우리가 많이 친밀해진 것 같다가도 그의 침묵을 생각하면 덜 채워진 느낌이랄까, 중요한 무언가가 빠져 있는 듯한 허전함이 있었거든요.

사랑에도 이벤트가 필요한 걸까요?

제가 너무 통속적인가요?

그래도 내 마음은 그의 고백을 기다리고 있는 게 틀림없나 봐요. 그를 기다리다가는 지쳐버릴 것 같습니다. 친구도 애인도 아닌 어정쩡한 관계로 흘러가기만 하는 게 싫었습니다.

그런데 여자가 먼저 리드하라는 말은 청량제처럼 시원합니다.

친구는 아예 쐐기를 박듯 말했습니다.

"차라리 네가 먼저 고백해! 종태처럼 숫기 없는 남자애는 백날 가도 먼저 고백 못하거든. 기다리고 있다가는 날 샌다, 애."

친구의 말이 다 맞는 것 같습니다.

사실 그와의 사이에서 먼저 손을 잡은 것도 나였습니다.

혹시 우리는 아직 친구 사이인 걸까요? 그는 아직도 나를 친구로만 생각하는 걸까요?

우리가 커플이라고 생각하고 있는 건 어쩌면 나 혼자만의 착각인지도 모른다는 불안한 마음이 듭니다.

조금 속이 상할 것도 같습니다. 나도 내 친구들처럼 남자친구에게 적극적인 대시를 받아보고 싶은데, 그는 언제나 다정할 뿐 더 이상 다가오려고 하지 않습니다.

그 이상도 그 이하도 아닙니다.

그의 마음은…… 여기까지가 전부인 걸까요?

입 맞추고 싶은 남자

63

형의 차를 빌렸습니다. 얼마 전 어렵게 중소기업에 입사한 형이 취업만큼이나 어렵게 카드 할부로 산 중고차였습니다.

차를 산 후 갑자기 자동차 마니아로 변한 형에게서 차를 빌리기란 형이 취업을 하고 차를 사는 것만큼이나 내게 어려운 일이었습니다.

차를 빌린 이유는 단 하나, 선미와 드라이브를 하기 위해서였습니다. 물론 선미가 드라이브를 시켜달라고 말한 적은 없지만 내가 먼저 준비했습니다. 우리가 그동안 함께 한 곳이라고는 학교 도서관, 학교 식당, 학교 앞 분식점, 학교 앞 동네 영화관……. 그 정도밖에 없습니다. 좀 더 근사한 곳에서 근사한 데이트를 해보고 싶었습니다.

난 돈도 없고, 아르바이트를 열심히 하고 있지만 매 학기 등록금을 대기도 힘든 상황이니 말입니다.

서해대교로 갔습니다. 잠시 차를 세우고 바다를 바라봤습니다.

초겨울 바람이 제법 쌀쌀한데 그녀의 길어진 머리카락이 쉴 새 없이 바람에 흩날렸습니다.

그런 그녀의 옆얼굴을 힐끗 쳐다봅니다.

나는 그녀의 옆얼굴을 보는 걸 좋아합니다.

이렇게 단 둘이 학교를 떠나 멀리 와 있다고 생각하니 새삼 모든 게 새롭습니다. 함께 한 모든 시간이 새록새록 새롭지만 오늘은 더 새롭게 다가옵니다.

'선미야, 나는 네가 좋다. 정말이야!'

가슴에 이 말 한마디가 바람처럼 회오리칩니다. 집에서부터 선미 앞에서 멋진 운전 솜씨를 뽐내느라 정신없던 조금 전까지도 머릿속에서는 수도 없이 이 말 한마디를 반복하며 연습했습니다.

언제쯤 전하면 되려나, 고민에 고민을 거듭했습니다.

해가 지려 하고 있었습니다. 석양이 완전히 바다에 물들 때쯤 말할까요?

언제쯤 말해야 그녀의 가슴에 가장 큰 울림이 있을까? 어떻게 말해야 그녀에게 내가 제일 그럴듯해 보일 수 있을까?

나름 궁리를 해도 아무런 소용이 없네요.

가슴이 너무 뛰어서, 고백은커녕 생각조차 제대로 할 수가 없습니다. 입술이 바짝 바짝 말라올 뿐입니다.

"선미야…… . 있잖아."

이렇게 운을 떼자 바다를 바라보던 그녀가 내게 살짝 시선을 돌렸습니다.

"왜……?"

그녀가 나를 빤히 쳐다보니 침만 꼴깍 넘어가고 말문이 턱 막혀 버렸습니다.

"저기…… ."

"…… ."

"나는…… ."

"뭐라고?"

바람소리 때문에 자그마한 목소리로 버벅거리는 내 말이 그녀에게 정확히 들리지 않나봅니다.

"나, 너를…… 그게…… 있잖아…… ."

"뭔데?"

그녀는 좀 더 크게 말하라는 듯 나를 쳐다봤습니다.

"그, 그게, 나 말이야."

사랑을 고백한다는 건 트리플 악셀보다도 더 어려운 것 같습니다.

그녀가 결국 뽀로통해지더니, 이렇게 말해버립니다.

"아이 참! 나 좋아한다고?"

그녀가 그렇게 말해 주니 십년 묵은 체증이 확 내려가는 듯 가슴이 뻥 뚫리고 해방감이 밀려옵니다. 헤아릴 수 없는 기쁨이기도 합니다.

"응, 좋, 좋아한다고!"

"으이그! 뭐야. 이렇게 싱겁게. 좀 근사하게 해줘야지!"

석양이 드디어 온 바다에 가득합니다. 내 가슴에도 무언가 붉은 기운이 가득합니다.

비록 내가 말하지도 못하고, 그녀가 대신 외쳐주었지만 그래서 더 확실해진 듯도 합니다.

"저것 봐. 노을!"

내가 바다를 가리키자, 그녀는 투정을 부리다가 문득 바다로 고개를 돌렸습니다.

내가 좋아하는 그녀의 옆얼굴이 석양에 함께 물들었습니다.

아, 갑자기 나는 그녀의 볼에 입을 맞추었습니다.

정말 순간적인 용기였습니다. 사랑한다는 말 한마디조차 내 힘으로 하지 못했는데 그녀의 발그레한 볼을 보고 나도 모르게 그런 용기를 내다니 나도 놀랐습니다.

아니, 이 생각 저 생각하며 망설일 겨를도 없이 나도 모르게 그렇게 돼버렸습니다.

그녀가 깜짝 놀라 휙 돌아보았습니다.

"아…… 저기……."

난 뭐라도 변명을 해야 할 것 같아 다시 버벅거렸습니다.

그런데 바로 다음 순간, 그녀는 와락 나의 목을 끌어안았습니다.

그런 그녀를 나는 사랑하지 않을 수 없습니다.

선미야, 널 좋아해…….

지금 같으면 열 번도 더 말할 수 있을 거 같은데 좀 전엔 왜 안 되었을까요?

선미야, 나 너 정말 좋아해.

아니, 그것보다는…….

선미야 그냥 좋아하는 게 아니라 사랑하는 것 같아.

아니, 그것보다는…….

선미야, 사랑해! 정말 사랑한다고!

비록 소리내 외치지는 못했지만 널 사랑해…….

그거 아니? 난 너만 보면 손잡고 싶고, 어깨에 손 올리고 싶고, 머리카락을 만지고 싶고, 입 맞추고 싶어…….

널 정말 사랑해!

사랑이 어떻게 너에게로 왔는가
햇빛처럼 꽃보라처럼 또는 기도처럼 왔는가
행복이 반짝이며 하늘에서 몰려와
날개를 거두고 꽃피는 나의 가슴에 걸려온 것을

〈사랑이 어떻게 너에게로 왔는가〉 중에서 _라이너 마리아 릴케

사랑이 어떻게 너에게로 왔는가. 독일의 낭만파 시인 라이너 마리아 릴케는 이렇게 노래했다. '하얀 국화가 피어 있는 날 그 집의 화사함이 어쩐지 마음에 불안하였다. 그날 밤, 조용히 네가 내 마음에 들어왔다'고. 그냥 좋아하는 것과 사랑하는 것이 다르다는 것을 우리는 사랑을 시작하고서야 비로소 깨닫는다. 사랑은 마치 하얀 파도가 밀려들 듯, 따뜻한 촛불이 타기 시작하듯, 무언가 내 가슴 속에 이제까지와는 다른 생생한 드라마가 비로소 시작되는 것이라는 걸.

내가 널
원하니까

love is

그를 향해 손을 흔들었습니다. 그도 나를 향해 손을 흔들었습니다.

우리가 함께 맞이하는 첫 번째 봄입니다. 물론 지난해 봄에도 우리가 함께 있기는 했지만 그때는 그저 같은 과 친구였을 뿐, 그저 '너와 나'였을 뿐, '우리'는 아니었으니까요.

봄바람이 창을 통해 들어옵니다. 구김살 하나 없는 아기 피부 같이 찬란한 봄 햇살이 창밖에 가득합니다. 그 햇살 속으로 그가 걸어갑니다.

뒤를 돌아보고 손을 흔듭니다.

너무 깨끗하고 찬란해서 그 햇살이 조금 두렵기까지 합니다.

작은 얼룩 하나만 묻어도 그 찬란함이 사라져버릴 것만 같습니다.

그렇게 그가 햇살 속으로 사라져갑니다.

함께 있는 시간은 너무 순식간에 지나가버립니다. 그가 사라진 햇살 속에서 영영 다시 나타나지 않을 것 같아 숨을 죽입니다.

거울을 봤습니다. 체중을 3kg이나 감량했습니다.

그토록 좋아하는 떡볶이, 순대도 그동안 참았고, 베스킨라빈스 아이스크림도 끊었습니다. 아무리 하려고 해도 되지 않던 게 단지 그에게 좀더 예뻐 보이고 싶다는 목표가 생기니 되더군요.

그가 늘씬해졌다고 칭찬해 주었습니다. 그동안의 모든 고생이 한 순간에 다 씻겨나간 듯 기뻤습니다. 난 몸이 아파서 살이 조금 빠졌다고만 했습니다. 머리카락도 많이 길렀습니다. 그는 긴 생머리를 좋아하니까요.

햇살이 고개를 숙이고 석양이 지기 시작합니다. 이제 그는 가고 없습니다.

동네 꼬마 녀석들이 여기저기 오가며 시끌벅적할 뿐입니다. 창밖을 내다보니, 한 꼬마가 더 놀겠다며 엄마에게 떼를 쓰고 있습니다.

나도 그에게 떼를 쓰고 싶어집니다. 그를 다시 보겠다며 떼를 쓰고 싶어집니다. 그는 군대에서 휴가 나온 선배와 함께 친구들의 모임에 가 있는데 말입니다. 그에게 전화를 걸었습니다.

"언제 끝나?"

"왜?"

그의 다정한 목소리가 감미롭습니다.

"그냥…… 들어갈 때 잠깐 들릴래?"

그렇게 말해 버렸습니다. 잔잔한 그의 웃음소리가 들리는 듯합니다.

네가 또 보고 싶어……. 그 마음을 들킨 것 같아 저 혼자 볼이 발그레해집니다.

"알았어."

싱싱한 목소리입니다. 그의 미소만큼이나…….

그는 한 번에 알았다고 했습니다. 그도 나와 같은 마음일까요? 우린 조금 전까지 내 오피스텔에서 함께 떡볶이를 만들어 먹고 커피도 마시며 시간을 보냈는데, 헤어진 지 채 한 시간도 되지 않아서 전화해 만나자고 한 나의 마음과 같을까요?

그도 또 내가 보고 싶을까요? 아니면 내가 오라고 하니까 예의상 대답한 걸까요?

이대로 그에게 흠뻑 정이 들까봐 두렵습니다.

그냥 만나서 즐겁고, 함께 이야기 나눠서 행복하고, 서로의 가슴을 열어 보일 수 있어서 외롭지 않은…… 그 정도의 사랑으로 이어졌으면 좋겠습니다.

안 보면 보고 싶어 미칠 것 같고, 그의 모든 것을 알지 못하면 가슴 아프고, 함께 있어도 계속 그리워서 오히려 더 외로워지는 그런 아픈 사랑이 되어 버릴까봐 두렵습니다.

나의 봄 햇살은 영원히 석양이 들지 않고 찬란하고 밝게 미소만 지었으면 좋겠습니다.

너무 와버린 것은 아닐까요?

여차하면 돌아설 수 있을 만큼만 사랑해야 하는데 하늘이 무너져 내려도 발을 꼼짝도 하지 못하고 우두커니 있어야 할 만큼 깊이 사랑하기 시작하는 것은 아닐까요?

오늘 밤 내 사랑이 두렵습니다.

벨소리가 들립니다.

아, 그가 왔나 봅니다.

어느새 바깥은 깊은 밤입니다.

그에게로 달려 나갑니다.

그도 나와 같은 마음일까요?

그도 이렇게 떨리면서도 행복한 마음일까요?

세상의 모든 것이…… 공기 중의 먼지마저 아름다운 의미를 간직한 채 반짝이고 있는 것 같습니다.

입 맞추고 싶은 남자

‘선미가 이렇게 예뻤나?’

사실입니다. 물론 내 눈에는 그녀가 늘 사랑스럽고 아름답게 느껴지긴 했지만 객관적으로도 그녀가 미인이라고 생각해본 적은 없었습니다.

그녀는 지극히 평범한 여대생이라고 생각했는데 이제 보니 아주 아름다웠습니다.

가만히 생각해보니 내 눈에만 아름다운 게 아닌 듯합니다.

객관적으로도 아름다운 듯합니다.

길을 가다보면 다른 남자들도 그녀를 힐끔힐끔 바라보는 경우가 종종 있습니다.

그녀가 다리를 드러내놓고 미니스커트를 입은 것도 아닌데 말입니다.

그녀에게서 빛이 납니다.

"네가 이렇게 예뻤냐? 이제 보니 아주 늘씬하다!"

난 연신 이렇게 감탄했습니다. 얼마 전 그녀가 감기몸살을 심하게 앓았는데 그 덕분에 체중이 빠졌다고 하네요. 가끔은 아픈 것도 좋은 점이 있나봅니다.

그녀의 오피스텔에서 함께 식사를 했습니다. 그녀의 룸메이트인 채연은 오랜만에 시골집에 내려가고 오피스텔에는 그녀 혼자였습니다.

같이 요리를 하고 함께 설거지를 했습니다.

같이 커피를 마시고 함께 대화를 나누었습니다.

한 공간 안에서 말입니다.

그녀와 한집에서 살게 되면 어떨까? 혼자 상상해봤습니다.

오늘따라 휴가를 나온 선배가 미워집니다.

선배와 함께 있으면서도 그녀의 오피스텔로 당장 다시 돌아가고 싶습니다. 선배가 늘어놓는 군대 애기조차 오늘은 나의 흥미를 끌지 못합니다. 나도 곧 군대에 가야 할 몸이지만 오늘만큼은 모든 현실을 잊고 그녀와 함께 있고 싶습니다.

잠시 마음이 무거워지기도 합니다. 며칠 전에 영장이 나왔습니다.

하지만 도저히 그녀에게 말할 엄두가 나지 않습니다. 그것은 이별 통보와도 같으니까요.

오랫동안 떨어져 있어야 한다는 걸 말할 수가 없습니다.

그녀의 마음이 내게서 멀어질까봐 두렵습니다.

비밀처럼 숨긴 채로 이렇게 그녀에게 다가가도 되는 걸까요?

난 너무 이기적인 놈입니다. 시간이 얼마 남지 않았기에 난 더욱 그녀에게 다가가고만 싶어집니다.

"이따가 들릴래?"

그녀가 전화를 걸어 이렇게 말해 주었을 때 소리를 지를 뻔했습니다. 너무 기뻐서 말입니다.

무슨 핑곗거리를 대서라도 오늘 다시 그녀를 보고 싶었는데, 너무 속이 보이는 것 같아서, 아니, 내가 너무 그녀에게 절절매는 걸 들키는 것 같아서 담담하게 참고 있었는데 그녀가 먼저 전화를 걸어 말해 준 것입니다.

이따가 들릴래? 하고 말입니다.

가고말고요. 하늘 끝까지라도 걸어갈 수 있을 것 같은 마음입니다.

갈 때까지 안 자고 기다릴 거야? 늦게 끝날지도 몰라……. 안 피곤해……?

그런 걸 묻고 싶기도 했지만 말하지 않았습니다.

오늘은 그녀가 싫다고 해도, 늦게 끝나서 그녀에게 폐가 된다고 해도, 그녀가 아무리 피곤해서 쉬어야겠다고 내일 보자고 해도……
그녀에게로 달려가고 싶습니다.

왜냐고요?

내가 그녀를 보고 싶으니까요…….

아, 나는 이기적인 놈입니다. 그녀를 보고 싶어 하는 내 마음만 이렇게 간절합니다. 그녀가 어떤 마음인지는 별로 생각하지 않습니다.

내 마음에는 그걸 생각할 여유조차 없습니다. 아무것도 보이지 않습니다. 그녀를 보고 싶다는, 그녀에게 더 다가가고 싶다는 열망만으로 가득합니다.

과거의 내가 누구를 바라보고 있었는지, 과거의 내가 누구를 그리워했는지는 중요하지 않습니다.

중요한 것은 지금 내가 누구를 바라보고 있는지, 지금 내가 누구를 원하고 있는지, 지금 내가 누구를 그리워하고 있는지, 지금 내 꿈이 누구를 향해 흘러가고 있는지 바로 그것입니다.

사랑 때문에 다시 한 번 아플지라도 기꺼이 아프겠습니다.

나의 분신 같은 그녀에게 지금 당장 달려가겠습니다.

내 안에 있는 이여
내 안에서 나를 흔드는 이여
물처럼 하늘처럼 내 깊은 곳 흘러서
은밀한 내 꿈과 만나는 이여
그대가 곁에 있어도 나는 그대가 그립다

〈그대가 곁에 있어도 나는 그대가 그립다〉 중에서 _류시화

사랑을 일상 안에 담을 수는 없으리라. 그것은 저명한 정신과 의사도 진단하거나 파헤칠 수 없는 인간 영혼 저 깊은 곳에서부터 터져 나오는 화산 같아서…… 보고 또 보고 싶고, 만지고 또 만지고 싶고, 잡고 있으면서도 놓칠까봐 전전긍긍하게 만드는, 일종의 마음의 병이 아닐까? 그리고 모든 병이 그러하듯이, 그 정신적인 흔들림은 잠자는 육체도 깨워 뒤흔들어놓는다. 그 흔들림 속에 중심을 잡고 설 수 있는 자가 어디 있는가. 사랑을 일상 안에 담을 수는 없으리라.

모닝 굿바이,
그녀는 예뻤다

love is

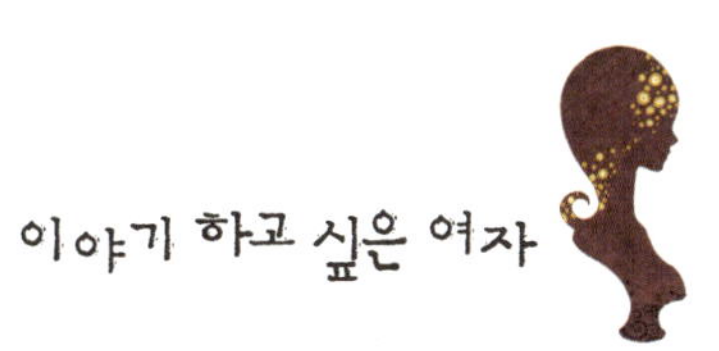

81

같이 커피를 마셨습니다.

모닝커피였습니다. 한 번의 밤이 우리 사이에 지나 갔습니다.

원두커피 메이커로 뽑은 헤이즐넛 커피 향이 작은 오피스텔 공간 안에 은은하게 번졌습니다.

이 달달한 느낌이 커피 향 때문만은 아닐 겁니다.

오피스텔 안에는 뭔가 어제까지와는 다른 공기가 가득 차 있었습니다. 박하 향처럼 화, 하기도 하고 마요네즈처럼 혀에 착착 달라붙는 느낌이기도 합니다.

그건 행복감인 것 같기도 하고 부끄러움 같기도 합니다.

어쩌면 내가 처음 세상에 태어났을 때도 이런 기분이었을까요?

그때는 박하 향이 뭔지도 모르고, 마요네즈가 뭔지도 몰라서 표현하지는 못했지만 이런 기분이었을 것 같습니다.

세상에 처음 태어난 느낌.

어제와는 다른, 새로운 생명체로 존재하고 있는 느낌.

내 몸의 세포 하나하나까지도 어떤 의미로 가득 차 있는 충만한 행복, 그런 거 말입니다.

샤워를 하고 나온 그가 나의 수건으로 얼굴을 닦고, 나의 헤어드라이기로 머리를 말리고, 나의 컵으로 물을 마시고, 나의 거울로 얼굴을 봅니다.

그리고 나와 함께 모닝커피를 마십니다. 곧 채연이 돌아올 시간입니다.

"나 갈게."

마치 영겁의 세월을 지나 그가 다시 내 앞에 선 듯합니다. 나 갈게, 하는 그의 목소리를 커피 향 속에서 음미해 봅니다.

그의 눈과 그의 입, 그의 머리카락, 그의 목과…… 그의 손, 그의 체온, 그리고 그의 손길까지…….

소나기를 만난 어린 병아리들이 어미닭의 날개 밑으로 파고들어 간 듯 나는 편안합니다. 아늑합니다. 고요합니다.

"잘 가."

내 목소리도 아득하게 멀어져 갑니다.

그가 나를 보며 웃습니다. 나도 그를 보며 웃었습니다.

오늘은 공휴일입니다.

그가 돌아간 후 잠깐 잠이 들었나봅니다. 핸드폰에 진동이 울리더니, 그의 메시지가 떴습니다.

"푹 쉬고 있지? 몸도 마음도…….

네가 늘 행복했으면 좋겠어……."

글자 하나하나에도 감정이 실려 아롱거립니다.

그 메시지를 나는 읽고 또 읽었습니다. 하루 종일 그가 생각날 때마다 그 문자메시지를 다시 열어보았습니다. 내 핸드폰에는 수없이 많이 저장되어 있지만 오늘 그의 메시지는 유독 더 가슴에 여운을 남깁니다.

우리가 서로에게 특별한 사람이 되었기 때문일까요?

나 아닌 다른 누군가와 이렇게 하나가 된다는 것이, 진정한 우리가 되는 것이, 이렇게 행복하고 충만할 줄 예전에는 미처 몰랐습니다.

메시지를 보고 내가 살포시 미소 지었습니다.

글자들 속에서 그가 미소를 짓습니다.

"잘 가……."

그녀가 살짝 고개를 숙인 채 말했습니다. 환한 아침 햇살이 조금 부끄럽나봅니다.

이제 우리는 어제의 우리가 아니니까요.

아침에 본 그녀는 예뻤습니다. 더욱 예뻤습니다.

집에 돌아와 하루 종일 잠을 잤습니다. 잠을 자는 내내 그녀 꿈을 꾸었습니다.

이제 그녀는 나의 잠재의식까지도 지배하나봅니다.

그녀의 눈, 그녀의 코, 그녀의 입, 그녀의 옆얼굴, 동그란 귓불…….

그녀의 손, 그녀의 종아리, 그녀의 작은 발…….

그리고 그녀의 가슴까지.

모든 게 나의 뇌리에 선명한 이미지로 각인되어 머리를 떠나지 않습니다. 어쩌면 모든 게 아련해서 희뿌연 안개처럼 어른거리기만 하는지도 모르겠습니다. 손을 내밀면 흩어지고, 손을 거두면 다시 안개 속에서 나를 부릅니다.

그녀에게 메시지를 보냈습니다. 아마 그녀도 피곤해서 곤하게 잠이 들어 있을 것 같아, 전화벨을 울리는 대신 몇 자를 적어 보냈습니다.

"푹 쉬고 있지……? 몸도 마음도…….

네가 언제나 행복했으면 좋겠어……."

너를 언제나 편안하고 따뜻하게 해주고 싶어.

글자 하나하나에도 나의 마음을 담았습니다.

글자 하나하나가 마치 그녀의 체온인 양 느껴집니다.

잠시 후 그녀에게 답이 왔습니다.

"네가 늘 편안했으면 좋겠어."

핸드폰을 손에 쥔 채 이불 속에서 고개만 내밀고 천장을 바라보았습니다.

아직 피곤이 덜 풀리고 잠이 덜 깬 몸이었지만 이상하게 정신이 맑아졌습니다.

여자가 행복하기를 바라는 남자와 남자가 편안하기를 바라는 여
자가 있는 이 세상이 처음으로 살 만한 곳처럼 다가왔습니다.

반짝이는 햇살 조각이 나를 빛나게 하는 비밀이라는 사실을 찾아
낸 사람처럼 가슴이 뿌듯합니다. 어깨에 힘이 들어갑니다.

눈을 감으면 같은 서울 하늘 아래 있는 그녀가 보입니다.

우리의 시간은 함께 흘러갑니다.

나 '박종태'라는 존재는 이제 '김선미'라는 한 여자와 함께 접붙
이기를 한 두 그루의 나무가 하나가 되어 자라듯 그렇게 어우러져
갈 테니까요.

이제 두 사람은 비를 맞지 않으리라
서로가 서로에게 지붕이 되어줄 테니까
이제 두 사람은 춥지 않으리라
서로가 서로에게 따뜻함이 될 테니까
이제 두 사람은 더 이상 외롭지 않으리라
서로가 서로에게 동행이 될 테니까

〈아파치족 인디언들의 결혼 축시〉 중에서

정호승 시인은 노래했다. 외로우니까 사람이라고……. 외롭지 않은 사람은 이 지구상에 단 한 사람도 없다. 단란한 가족이 있어도 친구들이 있어도, 우리 안의 '존재'는 외롭다. 그 본질적 외로움을 치유해 주는 게 바로 사랑이다. 거금을 들여 일주일에 한두 번씩 심리 상담을 받는 것보다 사랑하는 사람과 대화를 나누는 것이 우리에게 훨씬 큰 위안이 된다. 그건 단순히 내 안에서 분비되는 사랑의 호르몬, 엔돌핀과 옥시토신의 작용일 뿐이라고 사랑을 말로 폄하하려는 사람들에게는 귀 기울이지 마라. 누가 뭐래도 사랑은 상처를 치유한다. 서로가 서로에게 동행이 되어주는 것은 한 영혼을 구원하는 일이다.

03.
사랑하면서
헤어지자고
말하는 이유

그까짓
2년쯤이야

love is

우연히 놀라운 소식을 듣게 되었습니다. 종태가, 그러니까 내 남자친구인 박종태가 휴학한다는 소식 말입니다. 나는 그 소식을 그에게서 들은 것이 아니라 같은 과 여자 동기에게서 들었습니다.

깜짝 놀라는 나를 보며 친구는 이렇게 말했습니다.

"너 모르고 있었어? 종태랑 사귀는 거 맞냐?"

종태가 휴학한다는 것도 놀라웠지만 친구의 그 말이 마음을 더 불편하게 만들었습니다. 가시 같은 말을 던진 친구를 나도 모르게 살짝 노려봤습니다.

그 친구 앞에서 은근히 자존심이 상했습니다.

나는 바로 그에게 달려가 다짜고짜 물었습니다.

"종태야, 너 다음 학기 휴학할 거라며?"

헐레벌떡 달려온 나를 그는 우두커니 바라볼 뿐입니다.

그의 눈가에는 긍정의 대답이 맺혀 있었습니다.

응, 다음 학기 휴학할 거야, 라고 말하고 있었습니다.

"근데 왜 말 안 했어?"

나의 말에 가시가 잔뜩 돋았습니다. 화가 났습니다. 배신감이 느껴졌습니다.

"실은……."

그가 입을 떼려는데 내 말이 먼저 나갔습니다.

"네가 휴학한다는 소식을 내가 꼭 다른 사람을 통해서 들어야겠니? 그런 중요한 일은 나한테 먼저 말해줘야 되는 거 아니야? 나하고 먼저 상의해야 하는 거 아니냐고? 도대체 너한테 나는 뭐야? 그냥 아무 말도 안 하고 휴학하려고 그랬어?"

그의 얼굴이 일그러졌습니다. 일그러지는 그의 얼굴이 더 미웠습니다. 적반하장이었습니다. 오히려 자기가 화가 난다는 표정이니 말입니다. 그래서 따졌습니다.

"네가 왜 화를 내? 오히려 나한테 미안해 해야 하는 거 아니야?"

"내가 언제 화냈어?"

"지금 인상 썼잖아!"

“그럼 네가 소리 지르는데 나는 웃니?”

“너 지금 빈정거리는 거야?”

“목소리 좀 낮춰라……. 창피해. 사람들이 쳐다보잖아.”

창피하다니! 놀라서 가슴이 벌렁거리는 내게 그가 던진 말은 고작 창피하다는 것이었습니다.

“지금 창피한 게 문제야?”

“아, 진짜! 너 싸움닭처럼 왜 그래?”

“…….”

싸움닭이라는 말까지 듣고 황당해 하는 내게 그는 쐐기를 박듯 폭탄선언을 했습니다.

“선미야, 실은…… 나…… 군대 간다…….”

“뭐…… 라고?”

“……군대…… 간다고…….”

갑자기 숨이 턱 막혀왔습니다.

“그걸 왜 이제야 말하는데!”

나는 또다시 소리를 지르고 말았습니다.

뭐가 뭔지는 몰라도 화가 났습니다. 머리끝까지 화가 났습니다.

내게 가시 돋힌 말을 던진 그 여자 동기에게도 화가 나고, 종태에게도 화가 났습니다. 휴학 이야기를 숨긴 것에도 화가 나고, 군대 간다는 이야기를 뒤늦게야 하는 것에는 더 화가 났습니다.

나 혼자만 바보가 된 듯했습니다.

군대 가는 것도 모르고 그에게 마구 화를 낸 것 때문에 더 미안해졌습니다.

그래서 아무것도 말해주지 않은 그에게 더 화가 났습니다.

물론 알고 있었습니다. 군 입대가 언젠가 가까운 장래에 일어날 일이라는 것을.

하지만 이렇게 빨리 올 줄 몰랐습니다. 아니, 애써 생각하지 않고 덮어둔 일이었습니다.

그런데 오늘 아무런 예고도 없이 알게 된 것입니다.

"언제……?"

내가 다시 물었습니다.

"일주일…… 정도…… 남았어……."

"뭐?!"

왜 그가 나를 버린 것처럼 화가 나고 서운할까요?

갑자기 내 마음 속에서 균열이 생기는 것을 느낍니다.

입 맞추고 싶은 남자

"그런 걸 어떻게 지금 말해? 바로 일주일 후에 들어간다고 어떻게 지금 말할 수가 있어?"

"나도 말하려고 했어. 근데, 그런데……."

"근데, 뭐가?"

"말이 나오지 않았어."

"넌 언제나 중요한 건 다 말이 안 나오지!"

그녀가 버럭 소리를 질렀습니다.

그녀 말이 맞습니다. 오늘은 말해야지 하다가도 또 기회를 놓치고, 내일은 말해야지 하다가도 막상 내일이 오늘이 되면 또 기회를 놓치곤 했습니다.

두려웠습니다. 그녀가 실망하는 것이 두려웠고, 그녀가 내게 다가오는 걸음을 멈출까봐 두려웠습니다. 그녀가 나와 잠시 떨어져 있는 것이 아니라 완전히 돌아서려는 마음을 먹을까봐 두려웠습니다.

그래서 좀더, 조금이라도 더 그녀와 가까워지고 더 그녀와 친밀해진 다음에 이야기하자, 그때 말하자 하며 자신을 합리화했습니다.

내가 나쁜 놈입니다. 하지만 그녀를 잃고 싶지 않았습니다.

"그럼 나 이제 어떻게 해?"

"뭘 어떻게 해? 군대 그까짓 거 2년밖에 더 되냐?"

나는 애써 아무렇지 않은 듯 웃으며 말했습니다.

"2년밖에라고? 그런 식으로 말하지 마. 넌 훈련 받으면서 시간 잘 가겠지만 난 혼자서 외롭게 2년을 보낸다고 생각해봐."

"뭐가 외로워? 내가 죽은 것도 아닌데."

"그런 식으로 말하지 말라고. 조금만 내 입장에서 말해주면 안 돼?"

"너야말로 내 입장에서 받아들여주면 안 되겠어? 훈련 받는 내가 더 힘들지, 밖에서 편하게 생활할 네가 더 힘들겠냐?"

내 입이 미쳤나봅니다. 내가 듣기에도 이상한 말들이 내 입에서 흘러나왔습니다.

그 말들이 나올수록 그녀의 표정은 더 일그러졌습니다. 급기야 내 입은 결정적인 한마디를 내뱉으며 소리를 질러버렸습니다.

"그까짓 2년 왜 못 기다려?"

이런! 내 입이 제멋대로 말도 안 되는 소릴 내질러버리다니. 이번에는 그녀 차례였습니다.

"누가 못 기다린댔어? 그런 이야기가 아니잖아!"

그녀의 놀란 눈이 토끼처럼 빨갰습니다.

"그럼 무슨 이야기인데? 너 남자친구도 없이 어떻게 2년 동안 심심하게 지내나 그 걱정하고 있는 거잖아."

"심심한 거나 걱정한다고?"

급기야 그녀 눈에서 눈물이 뚝 떨어지고야 말았습니다.

아, 내가 미쳤나봅니다. 이게 아닌데, 이렇게 하는 게 내 본심이 아닌데…….

뿌리치는 그녀를 꼭 껴안아버렸습니다. 불안해서 그런다는 걸 그녀는 알까요? 너무 불안해서 이렇게 엉뚱한 소리들로 상처 주고 있다는 것을 그녀는 알까요?

그녀가 날아갈까봐, 그녀가 나를 버릴까봐, 그녀가 예뻐 보일수록 그녀가 찬란해 보일수록 나는 너무 초라합니다.

군대 2년이 문제가 아니라, 그 이후의 남겨진 많은 세월들, 과제들, 그 모든 과정들 속에서 그녀를 지켜낼 수 있을까요?

내가 나가떨어지지 않고 계속 그녀의 사람으로 남을 수 있을까요?

나는 너무 가진 게 없습니다.

지금은 우리가 평등해 보이지만…… 알고 있습니다. 세월이 지날수록 우리의 모습이 동등하지 않을 수도 있다는 것을. 영원히 그녀가 현실에 눈뜨지 말았으면, 그녀가 영원히 눈멀었으면 간절히 기도하면서 더욱 그녀를 으스러질 듯 세게 껴안았습니다.

"이거 놔!"

"선미야, 가만 있어봐."

난 아직 철부지 소년에 불과합니다. 한 여자를 사랑하기에 나는 너무 어리기만 할 뿐입니다. 나는 사랑을 떼쓰고 있습니다. 그녀를 배려해주고 포용해주기는커녕 떼를 쓰고 있습니다.

선미에게 너무 미안했습니다.

사랑은 이렇게 한없이 자신이 작아지고 또 미안해지는 것인가 봅니다.

그러면서도 나는 이렇게 속으로 중얼거렸습니다.

'선미야 제발 다른 놈한테 가지 말아 주라……'

운명이 호의를 가지고 우리에게 가져다준
영혼을 우리는 놓쳐서는 안 된다
왜냐하면 그들은
우리를 위하여 존재하기 때문이다

〈독일인의 사랑〉 중에서 _막스 뮐러

사람들은 쉽게 말한다. 여자는 또 있다고, 남자는 또 있다고……. 하지만 나의 영혼은 알고 있다. 내 안의 또 다른 내 모습까지 들여다볼 수 있는 사람, 나도 모르는 나를 끄집어낼 수 있는 사람, 나의 독특한 습관이나 나의 이상한 습관까지 보여줄 수 있는 사람은 바로 그 사람뿐이라는 것을. 또다시 다른 누군가를 만나 길고 긴 여정을 함께 한다고 해도 지금 내 곁의 그 사람과 함께 쌓아온 추억을 대신할 수 있는 것은 아무것도 없다는 것을. 그런 사람 또 없다는 것을…….

너는 가고
나는 남아서

love is

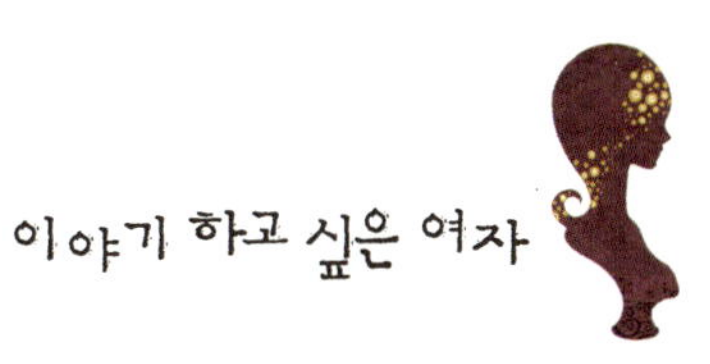

101

그가 떠났습니다. 싸우고 화내고, 그러다가 다시 격렬하게 껴안을 수밖에 없던 우리의 이별이었습니다.

그가 없는 동안 나는 공부에만 집중했습니다. 벌써 3학년. 취업도 준비해야 할 때입니다.

대학교 신입생 때 종태와 사귀기 시작한 탓에 다른 친구들처럼 미팅 한 번 못해 보고 3학년이 되었으니 조금 억울한 느낌이 들기도 하네요.

연애 박사 친구가 내게 장난처럼 묻습니다.

"선미야, 종태도 군대 갔는데, 소개팅 안 할래? 4학년 되면 그나마 소개팅도 못해, 선이나 봐야지……."

친구의 말에 나는 그저 웃으면서 고개를 설레설레 저었습니다.

"종태 몰래 소개팅 해서 뭐하냐? 공부나 할래."

그랬습니다. 그는 힘들게 군 생활 하는데 소개팅이라니요. 내가 너무 나쁜 생각을 하는 것 같습니다.

"킹카 있는데…… 해봐……."

친구는 다시 바람을 넣습니다. 친구가 넣은 바람이 너무 센 탓일까요? 속으로는 살짝 기분이 야릇해집니다. 켜켜이 쌓인 나이테 같은 추억으로 가득 찬 사랑이 정말 소중하지만…….

처음 우리 만났을 때 같은 그런 설렘이 때로는 그립기 때문일까요? 새로운 사람을 잠시 상상해 보았습니다.

"할래?"

친구가 다시 묻는데, 하마터면 "그래" 하고 대답할 뻔했네요.

그가 떠나고 나 혼자 남은 게 벌써 1년이 다 되어갑니다.

휴가 나왔을 때 가끔 만나기는 하지만 처음 사귈 때처럼 설레지는 않습니다.

내가 변한 걸까요, 그가 변한 걸까요?

아무도 변한 사람은 없는데, 누구도 변한 마음은 없는데 그의 마음에 가닿기가 조금 힘이 듭니다.

나의 마음에도 그가 와닿기가 힘이 듭니다.

나의 말은 허공에 흩어지는 바람소리 같습니다.

"으이그, 이 답답아. 지금이 무슨 70년대라고 군대 간 남자친구 기다리냐? 남자들은 여자친구가 기다리면 오히려 부담스러워 한다더라."

이런 말을 들을 때마다 가슴에 생채기가 나곤 합니다.

"선미야, 그럼 우리 어학연수나 갔다 오자!"

"어학연수?"

갑자기 귀가 번쩍 열렸습니다. 종태와 보낸 2년 동안 너무 나 자신을 잊고 지낸 것 같습니다. 나를 찾고 싶었습니다.

얼마 후 그가 휴가를 나왔습니다. 어학연수를 가겠다는 나의 계획을 말했습니다.

스펙을 쌓고 새로운 경험을 위해서 나에게 꼭 필요한 일이었습니다. 그러나 그는 기뻐하지 않았습니다. 진지하게 생각해 주지도 않았습니다. 오히려 퉁명스럽게 이렇게 물었죠.

"왜 하필 채연이하고 가냐? 채연이 연애하고 돌아다니면 너, 공부나 제대로 되겠냐?"

내 친구에 대해 함부로 말하는 그가 실망스럽습니다.

그럴수록 그에게서 찾아지지 않는 나의 존재를 나 스스로 찾고 싶습니다.

나에 대해서 나의 장래에 대해서 말할 사람이 이제 없는 것만 같습니다. 그는 더 이상 나에 대해서 나의 장래에 대해서 듣지 않습니다.

나를 비추던 거울이 사라졌습니다.

이제 내가 스스로를 비추어야 하나봅니다.

내 마음 속의 균열이 점점 더 커져갑니다.

모처럼 나온 휴가인데 그녀가 말했습니다.

"어학연수 가게 될 거 같아."

"어학연수? 갑자기?"

"갑자기는…… 아니야. 원래 가고 싶어 했잖아."

"그랬나……."

그러고보니 그런 말을 한 것도 같습니다. 맞습니다.

그녀는 나에게 언젠가 같이 어학연수를 가자고 했죠. 등록금 맞추기도 힘겨운 나에게는 꿈같은 이야기라 한 귀로 듣고 한 귀로 흘려버렸습니다. 아니, 애써 못 들은 척 무시했는지도 모르겠습니다.

그런데 그녀가 어학연수를 가겠다는 겁니다.

나는 군대에 있는데 말입니다. 나는 군대에서 제대할 날만, 다시 그녀와 함께 있게 될 날만 손꼽아 기다리고 있는데요.

"원래 가고 싶어 했잖아. 정보도 없고 해서 엄두를 못 냈던 거지. 근데 친구 오빠가 지금 호주에 가 있거든. 그래서 친구랑 같이 가면 많이 도움을 받을 수 있을 거 같아서……."

그녀는 조금 미안해하듯 말했습니다. 차라리 그녀가 당당하게 말했으면 나는 아무 말도 하지 못했을 텐데, 그녀의 '미안함'에 나는 오히려 조금 당당해졌습니다.

미안해 할 사람은 그녀가 되고 항의하는 역할은 내가 맡을 수 있었으니까요.

"친구 오빠?"

내가 물었습니다. 친구 오빠라는 단어가 문득 맘에 걸렸거든요.

"친구 누구?"

다시 물었습니다.

"채연이……."

그녀가 조용히 대답합니다.

"채연이라고? 왜 하필 채연이야?"

"왜 하필 채연이라니? 무슨 말을 그렇게 해? 채연이가 어때서?"

그녀가 되물었습니다.

"그 연애 박사하고 무슨 어학연수냐. 그런 애하고 호주 가서 공부가 제대로 되겠냐?”

그녀가 뾰로통해집니다. 자기 친구를 나쁘게 말한 탓이겠지요.

하지만 난 나대로 심통이 났습니다.

그녀가 나에게 상의를 하는 것도 아니고 통보하듯이 어학연수를 간다고 말해버렸으니까요.

“나한테는 그냥 통보하는 거니?”

그 말이 떨어지기가 무섭게 그녀는 나에게 쏘아붙였습니다.

“너는 군대 갈 때 나한테 의논하고 갔어?”

할 말이 없었습니다. 한 번 실수한 게 두고두고 그녀에게 상처로 남아 있나봅니다.

“몇 개월이나?”

“한 6개월쯤…….”

“학교는?”

“휴학해야지.”

이제 휴가를 나와도 그녀가 없는 빈 학교를 봐야 합니다. 그녀가 없는 공허한 서울 하늘뿐이겠지요. 그런데도 그녀는 호주로 가겠다고 하네요.

“안 가면 안 돼?”

“뭐라고?”

그녀는 황당하다는 듯 나를 쳐다봅니다.

사랑한다면 그녀의 인생을 응원해 주어야 합니다. 사랑한다면 그녀의 길을 도와주지는 못할망정 방해해서는 안 되겠지요.

그런데 나는 찌질하게도 심통을 부리고 있습니다.

'나는 이제 너 없이도 혼자 걸어갈 수 있어…….'

그녀가 내게 이렇게 말하고 있는 것만 같습니다.

나도 모르게 그녀에게 내가 의지하고 있었던 것일까요?

나의 시간은 멈추어 있는데 그녀의 시간만 흘러갑니다.

이러다가는 그녀를 놓쳐버리고 말겠습니다.

다시 혼자가 될 것만 같습니다.

그녀가 점점 멀어져가네요.

공연한 생각입니다. 점점 자신이 없어지는 나 스스로가 만들어 낸 자격지심이겠죠…….

처음엔 그녀가 하루에 열 번씩 전화를 했어
그러곤 "사랑해"라고 했지
그다음엔 하루에 한 번 전화해서는
"아주 사랑해"라고 하더군
요새는 2주일에 한 번 꼴로 전화해서는
"아주 아주 사랑해!"라고 말해
그래도 난 "빈도가 줄어들면 강도는 높아진다"는
애덤스 이론을 굳게 믿으며 낙관하고 있다네

〈겹겹의 의도〉 중에서 _장 자크 상페

열정이 스러져갈 때 우리는 불안하다. 그러나 만약 열정이 식지 않는다면 우리는 사랑 때문에 미쳐서 아무것도 할 수 없는 '광인(狂人)'이 되어버릴 것이다. 그러니 진정으로 우리가 두려워해야 할 것은 스러져가는 열정이 아니라 '잊어가는 마음'이다. 사랑은 열정이 식을 때가 아니라 마음을 잊을 때 끝이 난다.

이럴 거면
헤어져……

love is

서울에 도착해서 바로 그에게 전화를 걸었습니다. 공항에 나올지도 모른다고 했는데 길이 엇갈렸는지 만나지 못했거든요. 갑작스럽기는 했지만 혹시 우리 엄마, 아빠와 마주친다면 그냥 편하게 전에 말한 남자친구라고 소개할 생각이었습니다. 정식으로 인사를 시킨 적은 없지만 교제 중인 사람이 있다는 사실은 알고 계시니까요.

"누나, 애인 있다더니, 왜 안 나왔어? 바람 맞은 거 아니야?"

"아니야!"

공연히 동생에게 짜증을 내게 되네요.

내 가방을 대신 찾아서 나오던 채연의 오빠가 나를 보며 말합니다.

"선미 남자친구 좀 보려 그랬는데 아쉽네."

오빠가 나를 보고 다시 웃습니다.

"오빠까지 놀릴 거예요?"

옆에서 채연이 끼어듭니다.

"만나봤자 별 영양가 없어. 이제 막 제대한 복학생인데 뭐. 선미가 아깝다니까."

"……."

왠지 그 말도 내게는 불편합니다.

"하긴 선미도 이제 졸업반이니까, 남자친구 사귀는 것보다 선을 봐야지."

아빠가 한 술 더 떠 거들고 나서시는데 나는 아무 말도 하지 않고 고개만 숙인 채 열심히 걸었습니다.

공항에 나오지 않은 그를 생각하면서…….

어학연수 가기 전 휴가 나왔을 때 본 게 마지막이었습니다.

이제 나는 4학년 2학기이고 그는 다시 2학년 2학기로 복학합니다. 그는 나이 어린 여학생들과 섞여서 공부하게 되겠지요. 저는 학교에서 최고 학년이니 제법 나이가 많은 축에 들어갑니다. 그가 풋풋한 여학생들 사이에서 나에게 별다른 매력을 느끼지 못하는 건 아닐까요.

전화를 걸었습니다. 한참을 울려도 그는 받지 않았습니다.

다시 걸었습니다. 또 받지 않았습니다.

오기가 났습니다. 공항에 나와 주지 않은 것도 서운하고 화가 나는데 전화까지 받지 않다니. 전화도 계속 받지 못할 만큼 급한 상황이 뭐가 있을까 싶었습니다.

나의 전화를 피하고 있다는 생각이 들었습니다.

한참 실랑이를 벌인 끝에 그가 전화를 받았습니다.

"선미니?"

선미니……. 그의 입에서 나의 이름을 듣는 게 얼마만인지 모릅니다.

가슴 한쪽에 쌓아두었던 그리움이 터져 나올 듯 움찔움찔합니다.

하지만 한편으로는 너무 덤덤한 듯도 한 그의 목소리에 1년 가까이 만나지 못한 여자친구를 공항에 마중도 나오지 않았다는 사실에 심지어 전화도 받지 않았다는 사실 때문에 이미 내 마음은 상처 받고 화가 났습니다.

"왜 이렇게 전화를 안 받아?"

짜증 섞인 내 목소리에 나도 놀랐습니다.

"오랜만인데 화부터 내냐?"

할 말이 없었습니다.

왜 그리우면서도 그가 이리도 미운지…….

사랑하지 않아서는 아닌데…….

그는 말 안 듣는 아이처럼 나를 자꾸 화나게 합니다.

무심한 말투로…… 아무 느낌 없는 눈빛으로…… 나와 다른 생각들로…….

우리 사이에 이제 공감과 이해의 '나도'는 없어졌습니다.

'나는'만 있을 뿐입니다.

서로 다른 '나는' 때문에 우리는 평행선처럼 더 이상 가까워지지 못했는지도 모릅니다.

다시 처음으로 돌아가 설레고 싶습니다. 그러기에는, 작은 감정의 떨림까지 서로 들여다봐 주고 이야기해 주기에 우리는 서로에게 너무 친한 나머지 설렐 마음의 여지도 없이 편하기만 한 관계가 되어버린 걸까요?

'이럴 거면……

이렇게 공허한 관계라면……

차라리 헤어지는 게 낫겠어…….'

입 맞추고 싶은 남자

"언제 돌아와?"

"항공편이 어떻게 되니?"

"몇 시에 도착해?"

"마중 나갈까?"

몇 번씩 국제전화를 걸었습니다. 호주에 있는 그녀의 연락처를 알고 있다는 게 고맙게 느껴질 지경이었습니다. 어쩌면 당연히 알아야 할 번호인데, 그걸 물어보는 내가 조금 민망했죠. 그걸 말해주는 그녀가 고맙게 느껴졌고요.

그럴 정도로 우리 사이가 멀어지려 하고 있었나봅니다.

자, 이제 모두 지난 일입니다. 그녀가 한국으로 돌아왔으니까요.

공항으로 나갔습니다. 그런데 그녀의 곁에는 훤칠한 한 남자가 있었습니다.

채연의 오빠입니다. 자칭 연애 박사인 채연도 보입니다. 선미와 채연, 그리고 채연의 오빠. 모두들 환하게 웃으며 재미있게 이야기를 나누고 있었습니다.

선미는 몰라보게 예뻐지고 세련되게 바뀌었습니다.

옆에 있던 채연이 없었다면 저는 오히려 선미를 알아보지 못했을 지도 모릅니다. 바로 그 순간, 선미가 이쪽을 보고 손을 흔들었습니다. 가슴이 철렁했습니다.

그런데 그게 아니었습니다. 선미는 내가 아니라 다른 사람에게 손을 흔든 것 같습니다. 다시 보니 선미의 엄마와 선미 동생인 듯했습니다.

나는 아직 한 번도 인사를 드린 적이 없었습니다.

하지만 차마 그 앞에 나설 수 없었습니다. 당당하게 제가 선미 남자친구인데요, 하고 나설 수가 없었습니다.

솔직히 지금은 내가 선미의 남자친구인지조차 헷갈리네요.

굳이 내가 마중을 나갈 필요는 없었나봅니다. 마중이라고 해봤자 나는 그녀를 태울 승용차도 없고, 기껏해야 가방을 들어주고 지하철을 타야 하겠죠.

힘없이 집으로 돌아왔습니다. 밤낮 없이 야근하느라 바쁜 형은 아직 들어오지 않았습니다. 어머니는 오늘도 자리를 보전하고 누워 계십니다.

오늘따라 침울한 집안 분위기를 견디는 게 힘이 듭니다.

그녀가 전화를 걸어왔습니다. 받지 않았습니다.

끈질기게 다시 걸려옵니다. 끈질기게 받지 않았습니다.

아무런 이야기도 하고 싶지 않습니다.

아무런 이야기도 듣고 싶지 않습니다.

아니, 아무런 말도 할 이야기가 없습니다.

그녀가 호주에 가 있는 동안 휴가를 나올 때마다 공허한 서울 하늘 아래서 얼마나 외로웠는지 그런 이야기는 하고 싶지 않습니다.

호주에서 이런저런 일을 경험하고 열심히 공부했고 친구와 어떻게 지냈고, 혹은 친구 오빠와 어떻게 지냈는지 따위의 그녀 이야기도 듣고 싶지 않습니다.

하지만 하도 울어대는 전화기에 못 이겨 결국 받고 말았습니다.

역시 짜증 섞인 말이 터져 나옵니다.

"전화를 왜 이렇게 안 받아?"

"오랜만인데 화부터 내냐?"

내가 담담하게 물었습니다. 그녀는 문득 말이 없습니다.

왜 공항에 나오지 않았느냐고 묻지도 않습니다. 아마도 공항으로 마중 나오지 않았다고 화가 단단히 나 있겠지요.

그녀는 내 상황을 물어보기도 전에 자기 판단으로만 화를 냅니다.

예전에는 그렇지 않았는데…….

나는 다시 외롭습니다.

어쩌면 그녀도 다시 외로운지 모르겠습니다.

우린 다시 너와 내가 되어가고 있습니다.

왜일까요? 사랑하는데, 그녀 몸의 점이 어디 있는지까지 알 정도로 너무 가까운데, 그래서 너무 쉽게 화내는 사이가 되어버린 걸까요?

그녀는 내가 싫어진 걸까요? 혹시 좋은 사람이 생긴 걸까요?

나는 심드렁한 목소리로 내뱉었습니다.

"얼굴이나 한 번 보자."

그 사막에서 너무도 외로워
때로는 뒷걸음질로 걸었다
자기 앞에 찍힌 발자국이라도 보려고

〈사막〉 중에서 _오르탕스 블루

때로는 함께 있어도 외로운 것은, 하나가 되기를 바란 소망이 그의 마음에 온전히 가닿지 못하고 되돌아오는 공허한 메아리 때문이다. 때로는 사랑하면서도 혼자 있기를 바라게 되는 것은, 한 사람을 더 사랑하기 위해 나 자신을 다시 사랑해야 하는 순간도 다가오기 때문이다. 나를 통째로 다 내 주었던 그 열정의 끝에서 우리는 다시 나를 만나야 한다. 내가 남긴 발자국들을 새삼 들여다보며, 다시 혼자가 되어 있는 나를 보듬어 안아주어야 하리라. 제 상처를 핥아대는 어린 짐승처럼…….

미안하다
너를 사랑해서
미안하다

love is

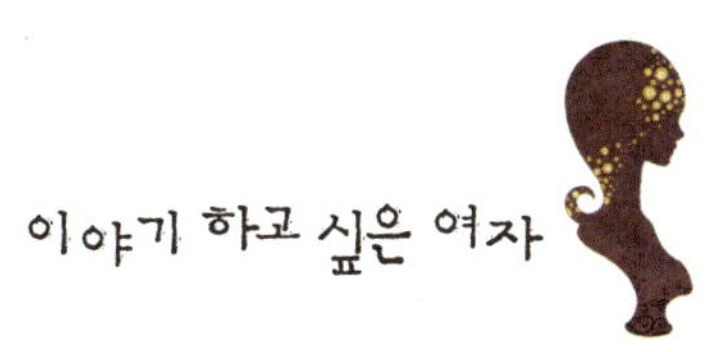

"얼굴이나 한 번 보자."

그 말 한마디에 달려 나갔습니다. 두 마음이 공존했습니다.

얼굴이나 보자, 하는 아무런 그리움도 따뜻함도 느낄 수 없는 단순히 얼굴만 알고 지내는 동기처럼 덤덤한 그 말에 화가 나서 다시는 보고 싶지 않은 마음이 들었습니다.

하지만 또 한편으로는 얼굴이나 보자, 하는 그 말이 다행스러울 정도로 그가 보고 싶기도 했습니다.

그런데 '보고 싶다'는 마음이 이겼나봅니다.

그는 그다지 나를 보고 싶어 하지도 않는데 나 혼자 보고 싶어

안달이 나는 것 같아 자존심이 상하면서도 일단은 얼굴을 보러나갔습니다.

왜냐고요?

얼굴이라도 보지 않고서는 견딜 수가 없었으니까요.

그을린 얼굴, 예전보다 더 건강해 보이는 다부진 몸, 예전보다 키가 조금 더 큰 것 같기도 했습니다. 아니, 그건 희망사항인가…….

달려 나가니 그는 바로 오피스텔 앞에 와 있었습니다.

"종태야."

"선미야."

"바로 집 앞에서 전화한 거야?"

"응……. 잘 다녀왔어?"

"제대는 잘하고?"

마치 10년을 못 본 듯 만남이 벅차면서도 한편으로는 바로 어제 만난 듯 익숙하고 편안합니다.

우린 오랜만에 커피전문점에서 함께 커피를 마셨습니다. 별다를 것도 없는 아메리카노에 시럽을 넣지 않은 채 함께 마시고 있으니 오래전 오피스텔에서 친구가 없는 사이 그와 함께 헤이즐넛 원두커피를 마시던 아침이 생각났습니다.

그날의 싱그럽던 그의 모습도 기억납니다.

그 아침의 정경 너머로 처음 함께 보낸 우리의 하룻밤이 넘실댑니다.

이런저런 이야기를 나누고 그가 예전처럼 오피스텔로 데려다주었습니다.

그런데 오피스텔 앞에서 채연의 오빠가 걸어오고 있었습니다.

"어, 준서 오빠!"

나도 모르게 반갑게 불렀는데 옆에 서 있던 종태가 멈칫하는 게 느껴졌습니다.

"선미야, 잠깐 다녀온다고 나가더니 안 들어오길래 걱정돼서 나와 봤어."

"친구 좀 만나느라고요."

나도 모르게 종태를 친구라고 표현해 놓고 스스로도 놀랐습니다.

종태가 어떻게 생각할지 순간적으로 걱정스러워 그의 눈을 보았습니다.

"나 갈게. 잘 들어가."

그는 순식간에 돌아서 성큼성큼 사라져버렸습니다.

"종태야, 잠깐만……."

그를 따라나섰습니다. 준서 오빠는 뒤로 한 채 말입니다. 한참을 따라가서야 그를 잡아 세울 수 있었습니다.

"그 남자가 왜 오피스텔에 있는데?"

그가 다짜고짜 소리를 질렀습니다.

"호주로 돌아가기까지 며칠만 있는 거야. 잠시 나온 거란 말이야.
우리가 호주 갔을 때도 오빠가 많이 도와줬어. 그때도 오빠네 집에
서 신세졌단 말이야."

"그렇다고 한 집에 있어? 지금 연애 박사 들어왔어?"

"아, 아니……."

"그럼 채연이 늦으면 둘만 있을 거 아냐."

"오빠는, 그런 사람 아니야."

"뭐?"

그가 버럭 소리를 질렀습니다.

"너 왜 이렇게 옹졸하게 그래? 내가 뭘 어쨌다고?"

나도 같이 소리를 질렀습니다.

그는 정말, 예전의 그가 아닙니다.

모닝커피를 함께 마시며 속이야기를 하던 그가 아닙니다.

그는 살짝만 건드려도 금세 터져버리는 화가 난 아이 같습니다.
그런 그가 너무 못마땅합니다.

나를 막 대하는 사람이라면 나를 사랑한다고 할 수 없으니까요.
그리고 나도 그를 사랑할 수 없으니까요.

입 맞추고 싶은 남자

그녀는 끝까지 준서라는 사람의 역성만 들었습니다. 내가 그를 폄하할수록 그녀는 그를 옹호하기 바빴습니다.

준서라는 사람을 부를 때 목소리는 훨씬 발랄하고 상큼했습니다.

마치 우리가 처음 만나기 시작하던 시절 그녀의 앳된 목소리와 비슷합니다.

나는 나도 모르게 준서라는 남자와 나를 비교하게 됩니다.

우선 그는 키가 큽니다. 집도 제법 부자라고 들었습니다. 연애 박사 채연의 사촌오빠인데, 채연은 항상 강조합니다. 우리 사촌오빠는 집안도 좋고 돈도 많은 킹카라고요.

그는 사실 우리 학교 대선배이기도 합니다. 나와 학번 차이가 많이 나는데 서로 아는 사이는 아니지만 이야기는 많이 들었습니다.

전설의 학점에다 가수 뺨치는 노래 실력, 학생회장으로 날리다가 유학을 갔다고. 뭔 놈의 공부를 그리 많이 하는지, 석·박사 모두 해외에서 취득하고 지금은 무슨 연구소에 있다나 뭐라나.

그런 그가 선미의 어학연수 시절, 호주에서 뒤치다꺼리를 해주었다는 게 영 석연치 않습니다.

남자가 봐도 멋있는 그에게 선미는 아무 감정도 느끼지 않을 수 있었을까요? 정말 아무 일도 없었을까요?

이런저런 생각으로 머리가 복잡한데, 밤만 깊어갑니다.

자정이 다 넘어 형이 들어왔습니다. 술을 한잔 걸쳤는지 얼굴이 벌겋게 달아올랐습니다.

"종태야, 열심히 해서 너라도 좋은 직장에 들어가라."

형은 술만 마시면 그 이야기입니다. 가슴이 갑갑합니다.

어머니가 갑자기 잠이 깨셨는지, 나를 부릅니다.

"종태야……."

"네, 어머니."

약 드실 시간을 놓친 모양입니다. 아, 내가 선미 생각에 정신이 팔려 그만 어머니 혈압약 챙겨 드리는 것을 잊었나 봅니다. 부랴부랴 물과 약을 챙겨 어머니에게 갖다 드렸습니다. 요즘 들어 부쩍 정신이 흐릿해지는 어머니입니다.

형은 어머니가 깨자 자세를 가다듬더니 냉큼 자기 방으로 들어가 버렸습니다.

선미 생각이 한시도 떠나질 않습니다.

이렇게 그리운데, 왜 만나면 화만 낼까요?

"네가 뭘 알아? 너만 힘든 줄 알아? 나도 그동안 힘들게 생활했어. 채연이네 오빠 도움 좀 받은 게 뭐가 그렇게 잘못인데? 그러는 너는 뭘 도와줄 수 있는데?"

그녀의 까랑까랑한 목소리가 아직도 귓전에 울립니다.

'그러는 너는 뭘 도와줄 수 있는데?'

아무것도, 아무것도! 선미야, 내가 해줄 수 있는 게 아무것도 없어.

어머니가 잠이 드셨나봅니다. 집안은 다시 적막으로 가득합니다.

아, 그런데 이번에는 형이 다시 일어나 화장실로 달려갑니다. 아마 만취 때문에 게워낼 모양입니다. 가서 형의 등을 두드려주었습니다.

톡톡톡……

"좀 세게 해봐라."

형이 시키는 대로 더 세게 형의 등을 두드렸습니다.

다시 방으로 들어오니 핸드폰이 진저리를 치고 있습니다.

선미의 번호가 떴습니다.

더 화를 내려고 전화한 걸까요? 문득 겁이 납니다.

나는 할 말이 없습니다. 옹색한 변명밖에 할 말이 없습니다.

그녀 말이, 그녀가 화내는 게 다 맞습니다.

화를 내려는 게 아니라면 그녀가 사과를 하려는 것일까요?

나에게 소리를 질러 미안하다고 너무 심했다고 사과를 하려는 것일까요?

제발 그러지 말았으면 좋겠습니다. 그녀가 그렇게까지 한다면 내가 더 못나게 느껴질 뿐입니다.

이래도 저래도 두렵습니다. 그래서 받지 않았습니다.

끊어졌다가 다시 핸드폰이 진저리를 칩니다.

'싸웠다고 전화 안 받는 게 제일 싫어.'

그녀는 그랬죠. 전화 안 받고 피하는 걸 싫어했습니다. 차라리 싸울망정 말이죠.

나는 사실 머리가 복잡하면 혼자 가만히 있고 싶은 편입니다.

하지만 그녀는 "나중에 얘기하자며 피하는 건 더 열 받아."라고 말하곤 했죠.

난 차라리 화가 가라앉을 때까지 일단 대화를 미루는 게 현명하다고 생각했지만 그녀는 속엣 말을 다 해야 편하다고 했습니다.

예전에 그녀가 했던 말들이 문득 생각나 피식 웃음이 납니다.

그때는 우리가 서로의 마음에 대해서 참 많이 이야기를 나눴는데 모든 게 변했습니다.

변해가야 할 때 변하지 못하는 거, 앞을 향해 달려가야 할 때 자기 혼자 따라가지 못하는 거, 그게 잘못이겠죠. 내 잘못이겠죠.

진동하는 핸드폰을 물끄러미 바라보며 생각합니다.

'미안하다, 너를 사랑해서 미안하다.'

미안하다
너를 사랑해서 미안하다
미안하다
나도 내 인생이 박살이 날 줄은 몰랐다

〈미안하다〉, 〈겨울밤〉 중에서 _정호승

마주보는 사랑은 불꽃처럼 강렬하지만 오래 머무를 수는 없으리라.
우리는 사랑만으로 살 수 없기에 우리의 삶은 흐르는 강물 같아서 한 자리
에 머무를 수 없기에 사랑도 인생과 함께 흘러야 한다. 때로 사랑하는 그 사
람의 삶, 그 사람의 꿈과 함께 흘러갈 수 없다면, 사랑만으로는 함께 있어
야 할 이유가 될 수 없다면, 어디서 무엇이 되어 우리가 다시 만나랴. 마주
보는 사랑이 아니라 같은 곳을 바라보는 사랑으로 성숙할 수 없다면…….

04.
공감할 수
없다면
사랑할 수도
없잖아

다시
시작할 수
있다면

love is

다시 학교생활이 시작되었습니다. 그도 나도, 다시 학교라는 한 공간에서 함께 생활하고 있습니다. 사람들이 종종 묻습니다.

"너희 끝난 거니?"

뭐라 대답하지도 못합니다. 끝난 것도 끝나지 않은 것도 아니어서 말입니다.

사랑하는 것도 아니고, 그렇다고 사랑하지 않는 것도 아닌, 아니, 분명히 사랑은 하지만 사랑을 주고받지는 못하는 우리 모습을 어떻게 설명해야 할지 몰라서요.

헤어지자고 합의한 적이 없으니 우린 헤어진 게 아닙니다. 그러

나 거의 만나지 않고 전화를 주고받는 일도 아주 가끔이니 연인 사
이라고 말하기도 어색합니다.

마지막 학기, 나는 수없이 많은 이력서를 쓰면서 정신이 없었습
니다.

그러던 어느날 뜻밖에도 그가 도서관으로 나를 찾아왔습니다.

"같이 점심 먹을까?"

그가 먼저 찾아온 것은 오랜만이었습니다.

난 쓰고 있던 이력서를 옆으로 치우고 그를 따라 나섰습니다.

완연한 가을바람이었습니다. 몇몇 과 후배들이 지나가며 인사를
합니다. 예전에는 우리가 선배들에게 인사를 하며 지나가곤 했는데.

"잘 돼 가?"

"뭐가?"

취업 준비에 대해 묻고 있는 걸 뻔히 알면서도 나는 퉁명스럽게
되물었습니다.

"취업 준비……."

그가 굳이 대답해 줍니다.

"언제부터 네가 내 문제에 관심이 다시 생겼니?"

그동안 그가 내 앞날에 관심을 가져주지 않은 것에 대한 불만 섞
인 말이었습니다.

어학연수를 이야기할 때도 그는 진지하게 받아들이지 않았고, 취

업 문제에 대해서도 마찬가지입니다.

그에게 아무것도 세세하게 털어놓고 의논하기 힘들어진 지 참 오래되었습니다. 그는 더 이상 묻지도 않았고, 나도 그에게 세세하게 말하지 못했습니다. 마치 헤어지기로 한 사람들처럼.

"오늘 수업 있어?"

"응."

그저 그런 일상적인 질문만 이어졌습니다.

어디에도 그의 감정은 들어 있지 않는 듯 사막처럼 무미건조한 말들이었습니다.

"그 사람은 또 안 오니?"

"누구?"

누구를 묻는지 뻔히 알고 있습니다. 하지만 그렇게 물어보는 그가 조금 우스꽝스럽습니다. 친구 오빠일 뿐인데, 신세를 조금 졌을 뿐인데, 마치 내가 다른 남자와 소개팅이라도 한 양 계속 그때부터 화를 내고 있으니 말입니다.

식당을 나오는데 또 다른 사람들과 마주쳤습니다. 아, 그 여자…… 수경이었습니다. 습관처럼 그의 표정을 살폈습니다.

담담하기 이를 데 없습니다. 오히려 수경의 표정이 조금 놀란 듯합니다.

'너희 아직도 안 헤어졌니?'

그런 표정이네요. 나 역시 스스로에게 또 그에게 조용히 묻고 싶습니다.

'우린 이대로 끝인 거니? 처음 만났던 때로 다시 돌아갈 순 없는 거야?'

서로가 서로의 마음에 가닿던 그때로, 작은 감정의 떨림까지도 느낄 수 있던 그때로. 나에게도 수경에게도 덤덤하기만 한 그가 말합니다.

"가자."

식사를 다 했으니 나가자는 말입니다. 그 말밖에는 할 말이 없는 걸까요?

마음에 대해서 이야기하고 싶습니다. 나의 감정, 느낌, 미래의 고민에 대해서 함께 나누고 싶습니다.

아무 말 하지 않고 그를 따라나섭니다. 예전에 우리가 처음 손잡던 날도 수경을 식당에서 우연히 마주친 다음이었습니다. 그녀에게 내가 여자친구라는 걸 알려주기 위해 내가 먼저 손을 잡았습니다.

그때가 생각났습니다. 그래서 나는 앞서 가는 그의 뒤에서 이렇게 말했습니다.

"또 내가 먼저 손잡아야 하는 거니?"

그가 조금 놀란 눈으로 나를 봅니다.

수경은 아직도 우리를 힐끔힐끔 보고 있네요.

“아니!”

그의 목소리가 조금 높아진 듯도 합니다. 휙 돌더니 나의 손을 낚아채듯 잡습니다. 그리고 다시 말합니다.

“아니야, 이젠 내가 먼저 잡을 거야.”

그의 손가락들이 나의 손가락 사이를 비집고 들어옵니다.

그리고 그는 꽉 힘을 줍니다.

“아파!”

나는 살짝 투정을 부렸습니다. 그런 나를 보고 그는 씨익 웃습니다. 멀리서 수경의 시선이 느껴졌습니다.

콧노래라도 나올 것 같네요.

나의 손가락이 다시 살아난 세포들처럼 떨리기 시작한 건 나만의 착각이었을까요?

140

그녀의 손을 잡는 순간, 그동안 쌓였던 불만이 와르르 무너져버렸습니다.

정말 오랜만이었습니다. 그녀의 손을 잡은 것은.

1년도 넘었습니다. 내가 군대에서 휴가 나왔을 때, 그녀가 호주로 어학연수를 떠나기 전이었으니 말입니다.

그녀의 손가락과 그녀 손등의 피부를 느끼는 순간 그녀의 따뜻한 모든 촉감들이 다시 생각났습니다. 그 순간만큼은 설령 채연의 사촌오빠와 그녀가 사귀었다고 해도 그녀를 받아들일 수 있을 것만 같았습니다.

그런데 그녀가 준서라는 사람과 깊은 관계였다고 해도 내가 받아들일 수 있을까?

문득 다시 불안해집니다.

"시간 있어?"

그녀가 고개를 끄덕입니다.

물론 나는 그녀를 태우고 갈 멋진 승용차 같은 건 없지만 용기 내 말했습니다.

"우리 서해라도 다녀올까?"

솔직히 말해 우리는 함께 여행을 다녀온 적이 한 번도 없습니다.

모두 내가 부족한 탓이겠죠. 돈도 없었고, 등록금을 벌기 위해 아르바이트를 하느라 제대로 시간을 내지도 못했습니다.

돈 많은 남자들만 사귀는 연애 박사 채연과 한 오피스텔에서 생활하면서 선미는 얼마나 부러울 때가 많았을까요?

"취업 준비는 어떻게 돼 가?"

"동생이 유학 준비하고 있어서 나는 그냥 작은 회사라도 취업할 거야."

"동생이 유학 준비해?"

"응, 호주로. 준서 오빠가 있어서 정보를 많이 얻을 수 있었어."

또 준서, 그 사람 이야기가 나왔습니다. 불쑥 불쑥 그녀의 입에서 튀어나오는 준서라는 이름……. 그녀의 마음속에 그 사람이 그만큼 자리를 차지하고 있는 건지도 모릅니다. 그래서 그녀가 자신도 모르게 자꾸 그에 대해 말하는 게 아닐까요.

다시 마음이 불편해지려고 합니다. 하지만 모처럼 부드러워진 분위기를 망치지 않으려고 나는 애써 불길한 마음을 모른 척했습니다.

"취업은 어디로?"

"무역회사 같은 데."

그녀는 원래 외국어를 잘했습니다. 친척들이 일본에 있어서 자주 가다보니 일어도 조금 할 줄 알았고, 어학연수 다녀온 덕에 영어도 좀 더 능숙해졌나봅니다.

또다시 내가 초라해지려 합니다.

앞서가는 그녀의 시간을 따라잡을 수가 없습니다.

시간을 따라잡는다고 해도 그녀와 같은 모습일 수 있을지 자신이 없습니다.

아주 오랜만에 그녀와 시간을 보냈습니다. 잔잔한 수평선을 함께 바라봤습니다.

바닷물에 살포시 발을 담갔습니다. 발 아래로 촉촉하고 탄탄한 모래가 밟혔습니다. 부드럽지만 푹푹 빠져들어가지 않고 탄력이 있었습니다.

몇 걸음 더 걸어 들어갔습니다.

가도 가도 발목까지네요.

"서해 바다는 정말 편안해, 그치?"

그녀가 말합니다.

'선미는 정말 편안해.'

나는 생각합니다.

"동해하고는 다르지? 따뜻한 느낌이야."

'다른 여자들하고는 달라. 선미는 따뜻한 느낌이야.'

"이제 올라가자……."

그녀가 말했습니다. 나는 좀 아쉬웠지만 고개를 끄덕였습니다.

조금 더 그녀와 함께 있고 싶었습니다. 아니, 그녀를 안고 싶었습니다.

무슨 말인가를 해야 합니다. 나는 더 이상 어린애가 아니니까 그녀에게 뭔가 말을 해야 합니다.

너 없이는 못 살 거 같아, 네가 다른 사람에게 간다는 걸 상상만 해도 피가 거꾸로 솟는 거 같아…….

이렇게 말하고 싶었지만 그러지는 못했습니다. 대신에…… 이렇게 말했습니다.

"우리…… 다시 시작하자!"

나 아무것도 가진 게 없지만, 정말 아무 대책도 없지만, 어쩌면 이대로 취업도 못한 채 비참한 청춘이 될지도 모르지만, 자신 없지만, 너하고 헤어질 자신은 더 없으니까 나 좀 봐줄래?

이 말도 덧붙이고 싶었지만 꾹 참았습니다. 대신에 이렇게 말했습니다.

"다시 시작하고 싶어."

그녀가 나를 바라봤습니다. 오늘은 그녀 눈을 피하지 않았습니다. 왠지 그래야 할 것 같았습니다.

그녀를 안았습니다. 처음 서해대교에서 어설프게 입을 맞추던 순간이 떠올랐습니다.

그녀는 내게 안겨 가만히 숨을 죽입니다.

그녀를 사랑하지 않을 수 없습니다. 내가 너무 늦은 걸까요?

'내가 잘할게. 정말 잘할게.'

그 말만 곱씹고, 또 곱씹으면서도 끝내 말하지도 못했습니다.

144

그들이 잃어버린 것은 사랑이 아니다
그들이 잃어버린 것은 처음 사랑했을 때의
마음일 뿐이다
그들은 용서를 할 것도 용서를 구할 것도 없다
단지 다시 만나기만 하면 된다
그리고 다시 시작해야 한다

〈19초〉 중에서 _피에르 샤라스

멀어지는 두 마음 사이에 아직도 타오를 그 무엇인가 남아 있다면, 머뭇거리지 말고 망설이지 말고 다시 시작하기를 기도하라. 그 순간은 찰나라서…… 놓쳐버리면 영원히 다시 잡을 수 없다. 사랑의 불꽃은 완전히 꺼져버리기 전에 우리에게 신호를 보낸다. 사랑을 잡아달라는, 이대로 우리 사랑이 사라져가는 것을 내버려두지 말아달라는 간절한 울림이 전해지는지 귀를 기울여라. 한때는 그 무엇보다도 소중했던 당신의 사랑이 혼자서 울고 있을지 모를 일이다.

그녀의 핸드백이
날 울리네

love is

147

가끔 그에게서 전화가 옵니다. 남자친구 종태가 아니라 준서 오빠 말입니다.

호주와 한국 사이에 시차도 있을 텐데, 그는 꼭 내가 편한 시간을 잘 맞춰서 전화를 걸어옵니다.

"취업 준비는 잘하고 있어?"

"이번에는 어디 원서 쓰니?"

"면접 준비는 어떻게 했어?"

그는 아는 것도 많아서 많은 정보를 줍니다. 그의 권유로 이번에는 A무역회사에 원서를 썼습니다. 준서 오빠가 뽑아준 질문대로 면접 준비도 하고 있습니다. 이력서를 낸 회사만 해도 벌써 30군데가

넘습니다.

"A사는 규모는 작지만 직원들 자기계발에 개방적이야. 해외 나갈 기회도 많이 있고……."

준서 오빠는 곧 한국에 들어와 교수 자리를 알아볼 계획이라서 그런지 한국 실정에 많은 관심과 정보를 갖고 있었습니다.

"핸드백은?"

"아직이요……."

"왜?"

"취업 선물이라면서요. 취업하면 메고 다니려고요."

"빨리 취업돼서 우리 선미가 그 핸드백 들고 있는 거 봤으면 좋겠다. 잘 어울릴 거야."

"……."

"선미야……."

"네."

"그 친구하고는 잘 지내?"

"네?"

뜻밖의 질문에 나는 깜짝 놀랐습니다.

"종태라는 친구 말이야."

"아…… 네……."

"그렇구나……. 잘 지내는구나."

“그만 끊어요. 국제전화 요금 엄청 나오겠어요.”

“선미야······.”

“네······.”

“취업하면 호주 한 번 들어와라. 내가 비행기 표 보낼까?”

“네?”

정말 그가 나를 좋아하는 걸까요? 그의 친절은 조금씩 색깔을 띠고 있습니다. 내가 어리둥절하며 대답을 하지 못하자 그가 먼저 말합니다.

“아니다. 내가 또 한국으로 들어갈게.”

“호주로 돌아간 지 얼마 안 됐잖아요.”

“네가 한국에 있으니까······.”

나지막한 준서 오빠의 목소리가 왜 내 마음에 울리는 것일까요?

“그만 끊을게요.”

나는 서둘러 전화를 끊었습니다. 전화를 끊고 물끄러미 핸드백을 바라봤습니다. 내 책상 위에는 그가 선물해준 명품 핸드백이 고이 모셔져 있습니다.

고백합니다. 지난여름 그가 잠깐 한국에 들어왔다 호주로 떠나기 전날이었습니다.

그에게서 명품 핸드백을 선물로 받았습니다.

나는, 그 선물을 받으면서 참 기쁘고······ 내가 특별해지는 느낌이었습니다.

남자에게 그런 선물, 처음 받았습니다.

나는 그런 선물 받으면 안 되나요, 뭐…….

그러면서도 마음이 아팠습니다. 그런 선물, 종태가 줬으면 싶었으니까요. 그에게 받으면 얼마나 행복할까, 하면서 가슴이 아팠습니다.

난 종태에게서 받고 싶은데…….

핸드백도 마음도.

왠지 종태에게 미안한 마음이 듭니다.

하지만 내 마음이 아주 멀리 떠나가고 있는 건 아닐까요?

내 안의 균열이 걷잡을 수 없이 커지고 있는 건 아닐까요?

드디어 선미가 취업에 성공했습니다. 정말 선미는 대단한 여자입니다.

요즘 같은 때에 졸업과 동시에 취업에 성공하다니요.

물론 대기업이나 중견기업은 아니지만 알차고 나름대로 전망 있는 무역회사라고 들었습니다. 해외에 나갈 기회도 많고, 직원들 자기계발에 대해서도 개방적이라나요.

선미는 어디서 그렇게 정보도 많이 얻어서 철저하게 준비했는지. 그녀가 자랑스럽습니다.

물론 처음 몇 달 인턴기간을 거쳐야 합니다. 최종적으로 탈락하는 사람도 생긴답니다.

하지만 선미는 누구 마음에도 들 겁니다. 탈락 같은 건 걱정하지 않아도 된다니까요.

그녀의 첫 출근. 마치 내가 첫 출근하는 것처럼 설레고 기대되고 또 두려운 마음도 들더군요. 그녀는 첫 월급을 받는 날 제일 먼저 나에게 가방을 사주었습니다. 공부 열심히 하라면서 말입니다.

같이 영화를 보고 나오는데 문득 그녀의 반짝이는 핸드백이 눈에 들어왔습니다.

무척 고급스럽게 보입니다. 잘은 모르지만 명품인 것 같습니다. 나는 사실 명품이나 브랜드 같은 것은 잘 못 알아보는 편이라서요.

그런 내 눈에도 그 핸드백은 정말 고급스럽습니다.

"어, 선미야. 그 핸드백 멋있다……. 엄마가 취업 선물로 사주셨어?"

"이, 이거……? 아니…….."

그녀가 어색해 합니다.

"누가 줬는데?"

공연히 꼬치꼬치 캐묻고 싶어집니다. 그녀의 표정이 영 찜찜합니다.

"주, 준서 오빠가."

그녀는 거짓말을 하지 못합니다. 차라리 엄마나 아빠가 줬다고 거짓말을 했다면 좋았을 텐데 곧이곧대로 준서라는 이름을 다시 내 앞에서 꺼내놓습니다.

화를 내지 않으려 해도 그럴 수가 없습니다.

나만 못난 놈이 되는 것 같아 더 화가 납니다.

"야, 이런 거 준다고 다 받냐? 그 놈 너한테 딴 맘 있는 거 아니야?"

"그럼 주는 거 안 받니? 다른 뜻 없어. 동생 친구니까 그런 거지."

"어느 미친놈이 동생 친구라고 몇 백만 원짜리 핸드백을 사주냐?"

"그럼 어쩌라고?"

"어쩌긴 뭘 어째? 그런 건 딱 잘라서 받지 말았어야지."

"왜 너는 화만 내니?"

"내가 지금 화 안 내게 생겼냐?"

"내가 이런 거 들고 다니는 게 넌 싫어? 좋은 핸드백 들고 다니면 좋잖아."

"그딴 놈이 준 거니까 그렇지, 누가 너 멋있게 꾸미는 게 싫댔나?"

"그딴 놈이라니. 준서 오빠 함부로 말하지 마. 너는 준서 오빠가 어떤 사람인지도 모르면서 왜 함부로 막말해?"

"그딴 놈 내가 알아서 뭐하게!"

"그딴 놈이라고 하지 말라니까!"

"에이, 그깟 가방 갖다버려!"

나는 나도 모르게 그녀의 가방을 뺏어서 바닥에 패대기쳤습니다.

아, 정말 나는 못나기도 하지.

그녀가 도끼눈을 하고 나를 노려봅니다.

"야, 그거 얼마짜리인 줄 알아?"

까랑까랑한 그녀 목소리가 거리에 울려 퍼집니다. 겁이 나도록 무서운 눈빛에 나는 가슴이 철렁합니다. 내가 큰 실수를 하고야 말았습니다.

사실 내가 패대기를 치고 싶은 건 핸드백이 아니라 준서라는 그 작자인데…….

그런데 나는 무슨 생각인지 나도 모르게 이렇게 내뱉어버렸습니다.

"그깟 가방 뭐가 그렇게 대단해?"

"당장 주워."

"싫어."

"어서 해."

"싫다고. 네가 직접 해."

번쩍!

아, 무슨 일이 있었는지…….. 정신을 차리고 살펴보니 그녀가 들고 있던 책으로 내 머리통을 내리쳤나봅니다.

그녀는 재빨리 핸드백을 주워 들고 신주 단지처럼 조심조심 먼지를 털어냅니다.

"박종태. 너 핸드백 같은 거 사줄 능력 없으면 마음이라도 따뜻하게 해줘야 되는 거 아니야? 네가 이 정도밖에 안 되는 놈인 줄 정말 몰랐어."

"그걸 이제 알았냐?"

"그래, 이제 알았다. 이제라도 네 본색을 다 보여줘서 차라리 고마워. 미련이라도 없게 말이야."

나의 머리통은 그녀의 양장 제본된 딱딱한 책으로 얻어맞아 아직도 얼얼합니다.

하지만 그 머리통 속은 더 얼얼합니다. 도무지 상황 정리가 되지 않고 있으니까요.

저렇게 무서운 그녀 모습은 처음 봅니다. 서슬이 퍼렇다는 건 바로 이럴 때 쓰는 말인가 봅니다. 그녀는 이글거리는 눈으로 한참 나를 노려보더니 한마디 더 덧붙입니다.

"핸드백 그런 거…… 물론 나도 멋 내고 싶지만…… 그런 거 없어도…… 너의 따뜻한 위로면, 그거면 되는 건데. 못해 주면 못해 줘서 미안하다고 하면 되잖아……. 미안해 하는 마음만으로도 나는……."

그녀가 이제는 울먹입니다. 결국 울면서 뛰어가 버립니다. 그놈의 핸드백을 꼭 안고서 말입니다.

얼어 죽을…… 그놈의 핸드백이 아니라 나를, 이 박종태를 패대기치고 싶습니다!

"자네는 여자가 싫다고 표현할 때는
좋지만 두렵다는 뜻도 포함되어 있다는 걸
이해 못하지"
"그리고 또 뭡니까?"
"여자가 글쎄요, 라고 하면
싫다는 뜻이라는 것도 몰라"
"그냥 명백하게 좋다는 뜻은 없나요?"
"여자들의 언어 세계에서 그냥 좋다는
표현은 존재하지 않아"

〈당신 없는 나는?〉 중에서 _기욤 뮈소

끝나가고 있는데 나만 모른다. 사랑이 저만치 가고 있는데 나만 모른다. 아무리 잡아달라고 SOS 신호를 보내도 막무가내로 나만 모른다. 상처 입은 가슴을 만져달라고 당신의 따뜻한 위로가 필요하다고 손짓을 해도 나만 모른다. 울다 지친 그 사람이 등을 돌리고 새로운 둥지를 그리워하게 될 때까지, 바보같이 내 노래만 꺼억꺼억 불러댔다. 좀더 일찍 당신의 눈을 들여다보았더라면 잡을 수 있었을 텐데…….

그것도 모르면서
어떻게
날 사랑해?

love is

두 번 다시 그를 보지 않으려 했습니다. 너무나 옹졸한 모습에 실망하고 정이 떨어졌나봅니다.

사실 그를 생각할 겨를도 없었습니다. 졸업하고 회사생활에 적응하기도 힘들었으니까요. 내 생일조차 잊어버릴 정도로 바빴습니다.

인턴기간 동안 확실하게 내 존재를 각인시키기 위해 열심히 일해야 했으니까요.

어쩌면 그를 잊기 위해 미친 듯이 일만 했는지도 모르겠습니다.

그런데 내 생일을 기억해준 사람이 딱 한 사람 있었습니다.

바로 한준서, 채연의 사촌오빠였습니다.

사무실로 화려한 꽃다발과 카드가 배달되어 왔습니다.

그 카드에는 이렇게 쓰여 있었습니다.

선미가 꿈꾸는 세계가 하루하루 가까워지기를……

선미가 꿈꾸는 세계라고……?

나의 꿈에 대해서 이야기해본 게 언제 적이었을까요?

종태와 처음 만났을 때 우리는 서로가 원하는 꿈에 대해서 참 많은 대화를 나눴는데요.

"나중에 나는 호주에 가보고 싶어. 같이 어학연수 갈까?"

"나중에 우리는 전원주택을 짓고 살까? 아파트는 답답해."

"나는 평범한 샐러리맨은 싫어. 여행을 자주 다닐 수가 없잖아."

"그럼 여행을 많이 다닐 수 있는 회사에 들어가면 되잖아."

그랬는데 어학연수는 채연과 다녀왔고, 취업은 준서 오빠의 도움으로 외국을 나갈 수 있는 무역회사에 입사했습니다.

예전에 말한 내 꿈에 조금 가까워졌을까요?

하지만 그걸 바라봐주는 사람은 종태가 아니라 준서 오빠네요.

바람처럼 사라져버릴까 봐 깨고 나니 꿈이었다며 아쉬워하게 될까봐 두려울 정도로 그가 좋았는데, 그의 곁에 앉아서도 믿기지 않아 문득문득 그의 옆얼굴을 바라보곤 했는데, 그때의 그는 어디로 갔을까요.

그때의 내 감정은 다 어디로 갔을까요…….

이렇게 깊은 물속처럼 어둡고 막막한 감정을 과연 사랑이라고 할 수 있을까?

그는 핸드백 사건 이후 전화 한 통 없습니다. 처음 사귈 때는 싸워도 며칠을 못 버티고 전화를 걸어 미안하다며 나한테 사과를 했는데.

그의 마음도 점점 내게서 멀어져 가나봅니다.

점점 일상적인 마음으로 돌아가고 있나봅니다.

더구나 오늘은 내 생일인데 내 생일 따위 아는지 모르는지 연락조차 없습니다.

내 마음은 더욱 어둡고 침침한 바닥으로 떨어져만 갑니다.

그런데 다음날 저녁, 퇴근할 무렵에 종태에게서 전화가 왔습니다.

그가 사과를 하면 어떻게 할까, 못 이기는 척하고 화해를 할까?

그와 헤어질까? 아니, 그와 헤어질 수 있을까?

어떤 경우도 사실 자신이 없습니다.

그와 헤어지는 것에도, 그와 함께 하는 것에도…….

그런데 갑자기 전화를 걸어 온 그는 뜻밖의 말을 했습니다.

"선미야……. 저…… 나 돈 좀 빌려줄래?"

그 말에 갑자기 정신이 맑아집니다.

162

"돈을 빌려 달라고?"

그녀의 목소리가 조금은 부드럽지 않게 느껴졌습니다.

그럴 만도 하죠.

오랜만에 전화해서 고작 한다는 이야기가 돈 빌려달라는 이야기니…….

하지만 형이 병원에 누워 있었습니다. 교통사고였는데, 형의 과실이었기 때문에 보험금을 기대할 수가 없었습니다. 다음 학기 등록이 코앞인데 모아 둔 돈이 전부 사고 처리하는 데 들어갔습니다.

하지만 그녀에게 형이 갑자기 교통사고로 쓰러져 미친 듯이 병원에 달려가야 했다는 이야기는 차마 입에서 나오지 않았습니다. 어머니도 지병 때문에 늘 병원 신세인데 집안의 대들보인 형이 쓰러져, 다음 학기 등록이고 뭐고 졸업이나 할 수 있을지 모르겠다는 말도 하지 않았습니다.

그냥 돈이 급하다고만 했습니다.

목에 가시가 걸린 듯 말이 잘 나오지 않았습니다.

얼굴이 화끈거렸습니다.

"갑자기 왜? 무슨 일인데?"

"좀 급하게 필요해서 그래. 며칠 남지 않아서……."

"뭐가 며칠 안 남아?"

"……."

다음 학기 등록일이 며칠 안 남았다는 이야기는 차마 하지 못했습니다. 형이 입원한 병원에 왔다갔다 하느라 알바를 못해서 등록금을 마련 못했다는 이야기는 더욱 할 수가 없었습니다. 하긴 알바를 해도 등록금을 다 마련하지는 못했겠지만요.

"너 무슨 사고 쳤니?"

"그런 거 아니야."

"자세히 말 좀 해봐."

"그냥, 필요해……."

잠시 그녀는 말이 없었습니다. 나 역시 아무 말도 하지 못하고 가만히 있었습니다.

그러던 중 나지막한 그녀 목소리가 들립니다.

"알았어. 내일 월급날이니까……. 내일 저녁에 모바일뱅킹으로 입금할게. 계좌번호 찍어줘."

"고, 고마워……."

긴 말도 하지 못하고 전화를 끊었습니다. 아무것도 묻지 않고 알았다고 대답해준 그녀가 너무 고마웠습니다.

그리고 다음날 저녁 정확히 여섯시에 돈이 들어왔습니다. 아마 그녀는 월급에다가 현금서비스를 받아 금액을 채웠을 것입니다.

미안하고 고마운 마음에 가슴이 저렸습니다.

당장 그녀 사무실 앞으로 달려가 그녀를 기다렸습니다.

그녀를 만나고 싶었습니다. 미치도록 말입니다.

지금처럼 그녀가 내 사람인 것처럼 느껴진 순간이 없었습니다.

야근을 하는지 일곱 시, 여덟 시가 넘고 아홉 시가 다 되어서야 그녀가 나왔습니다. 동료 직원이 옆에 있었습니다.

"선미야."

나를 보자 그녀는 조금 어색해 하며 동료 직원에게 인사를 했습니다.

"내일 봐요."

동료는 같이 손을 흔들며 종종 걸음으로 사라졌습니다.

동료의 뒷모습이 사라지는 것을 그녀는 바라보고 서 있었습니다.

나는 사랑스러운 그녀의 옆얼굴을 바라봤습니다.

그러고보니 그녀의 옆얼굴을 이렇게 물끄러미 바라보는 게 얼마 만인지 모르겠습니다.

그녀를 와락 껴안았습니다. 왠지 그녀가 온전한 내 여자인 것처럼 느껴집니다.

"갑자기 왜 그래?"

그녀가 퉁명스럽게 말합니다.

"네가 너무 좋아서 그래."

그녀는 입을 삐죽거립니다.

우리는 사람들이 북적거리는 시내 거리를 함께 걸었습니다.

휘황찬란한 네온사인이 보였습니다.

그녀의 어깨를 감싸 안았습니다. 그녀는 내 여자입니다.

둘 다 말없이 한참 걸었습니다.

"저녁은 먹었어?"

"아니."

그녀가 짧게 대답합니다.

"배 안 고파?"

"안 고파."

"선미야."

"왜?"

“우리 오늘 밤 같이 있을까?”

“뭐?”

“너랑 자고 싶어.”

그녀가 문득 걸음을 멈추고 노려보네요. 영문을 알 수 없었습니다.

어안이 벙벙해서 그녀를 쳐다보자 이번에는 그녀가 코웃음을 쳤습니다.

그러고는 앙칼진 목소리로 이렇게 말했습니다.

“이 판국에 섹스가 하고 싶단 말이지?”

아니, 이건 무슨 황당한 상황이란 말입니까?

어디서부터 잘못된 것일까요……

166

나는 당신을 수없이 많은 형태로
수없이 오랫동안 사랑한 듯합니다
전생에서 다음 생으로
한 해가 가고 그 다음해에도 영원히……
모든 남자의 사랑은
우주적 기쁨, 우주적 슬픔, 우주적 삶……
모든 사랑의 기억들은
이 단 하나의 사랑과 합일하는 듯합니다

타고르의 시 중에서

우리가 마주한 시간이 단 하루였다 할지라도, 우리가 마주 보고 타오른 시간이 단 하루였다 할지라도 그 순간만큼은 진실이었음을 부정할 수 없으리라. 우리가 헤어져야 하는 순간이 곧 다가온다고 하더라도, 한때 우리는 온 마음으로 그리고 온 몸으로도 한 영혼을, 그 안에 담긴 우주를 끌어안았는데, 그 안에서 얼마나 벅찬 희열과 따뜻한 치유를 경험했던가. 그 모든 사랑의 기억들이 내 영혼 안에 가득 차 있음이니.

우리,
여기까지인가 봐

love is

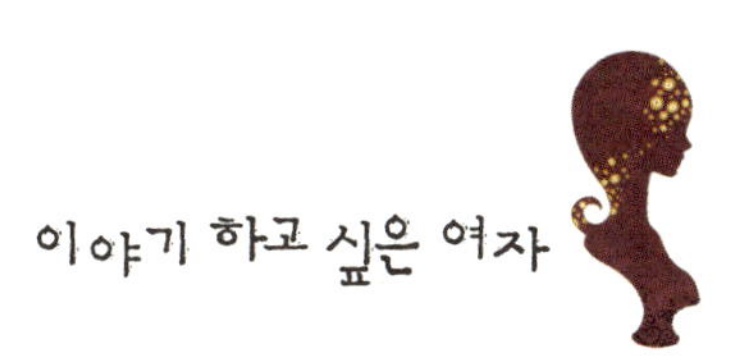

그리고 아무 말도 하지 않았습니다.

　더 이상 할 말도 들을 말도 없었습니다. 나는 이젠 지쳤습니다.

돈 때문이냐구요? 아닙니다.

그럼 무엇 때문이냐구요? 못난 그의 이기적인 사랑 때문입니다.

그날 밤, 그가 회사로 찾아왔을 때 그가 나에게 해주길 바랐던 말은…….

'미안해. 하지만 정말 열심히 할게. 조금만 기다려줘……. 널 행복하게 해줄 거야.'

거짓 맹세라도 그런 말을 바랐습니다.

내 안에 있는 그에 대한 불안, 그의 사랑에 대한 의심, 그런 것들을 다 씻어낼 수 있도록 상투적인 약속이라도 해 주기를 바랐습니다.

그가 그렇게 말해 주었다면 얼마나 좋았을까요.

그런데 그는 돈을 받자마자 곧장 달려와 말했습니다.

"너랑 자고 싶어!"

그의 욕망에 나는 절망합니다. 욕망만으로는 사랑을 확인할 수 없습니다.

나는 이제 소녀가 아닙니다. 나도 누군가의 여자로 누군가의 아내가 되고 싶습니다.

하지만 그는 여전히 소꿉장난 같은 사랑을 이야기합니다.

나는 그의 섹스 파트너에 불과했던 겁니다.

그의 사랑은 섹스일까요?

우리가 마주보고 서로에 대해서 이야기해 주던 적이 언제인지 이젠 기억도 희미합니다.

우리가 서로 마주보고 자신이 바라는 세계에 대해 나누던 적이 언제였는지 까마득하기만 합니다.

우리가 서로 마주보고 함께 만들어갈 미래에 대해 함께 꿈꾸던 적이 있기나 했는지 가물가물합니다.

그와 함께 하는 미래를 그가 먼저 이야기해 주기를, 그와 함께 하는 미래에 그가 믿음을 주기를 더 이상 기다릴 수 없을 것 같습니다.

더 이상 그를 사랑할 수 없습니다.

이처럼 나의 마음을 들여다보지 않고 자기 멋대로 원하고 자기 멋대로 욕망하는 그의 사랑을 진실이라고 신뢰할 수 없습니다.

이제 그에게 마지막 인사를 전하려 합니다.

'같이 느낄 수 없다면 같이 공감할 수 없다면 어떻게 사랑이라고 할 수 있니?

고작 어제 본 텔레비전 프로그램을 말하고 친구들 이야기나 나눌 뿐이면서 어떻게 마음을 이야기한다고 할 수 있니?

너에 대해, 네가 생각하는 나에 대해…….

또 나에 대해, 내가 생각하는 너에 대해 우리 이야기해 본 적이 도대체 언제였을까?

서로 가슴으로 다가간 순간이 언제였니?

함께 공감할 수 없다면 사랑한다고 말할 수 없겠지.

우리가 다시 함께 있다고 해도 이전처럼 될 수는 없을 거 같아.

우리 서로에게 너무 익숙해졌나봐.

더 알고 싶은 것도 더 느끼고 싶은 것도 없이 말이야.

가슴으로 어루만져줄 수 없는 너의 손길도 너의 관심도 모두가 공허하기만 하다.

잘 지내. 그동안 고마웠어.'

172

끊어지는 목소리를 이어서 듣고 또 들었습니다.

처음에는 무슨 말인지 도저히 정신을 차릴 수가 없어서 다시 들었습니다.

그녀의 말들을 한 소절 한 소절, 한 자 한 자 깡그리 외울 정도로 다시 듣고 나서야 조금씩 깨달아지더군요.

이별이라는 현실을 말입니다. 드디어 올 것이 오고 말았네요.

병실에서 바라보는 창밖은 너무도 한적하고 아무 일도 없다는 듯 평화롭습니다.

곧 봄이 오겠죠……. 언제나 그러했듯이.

"다음 학기 등록은 했니?"

낮잠에서 깬 형이 나에게 묻습니다.

"응."

"용케 했네. 다행이다. 무슨 돈으로 했어?"

"친구에게 빌렸어."

"이렇게 고마울 데가. 요즘도 그런 친구가 있어?"

나는 형을 보고 씨익 웃었습니다. 그럼, 요즘도 그런 천사가 있지…….

"조금만 참아라. 형이 곧 일어날 테니까. 다음 학기 등록금은 형이 도와줄게."

형을 두고 병실 밖으로 나왔습니다. 병원의 정원을 혼자 걸었습니다.

다시 그녀의 음성을 재생해서 듣습니다.

듣고 또 듣고…….

그녀의 목소리라도 듣고 싶어서 말입니다.

더 이상 내가 어떻게 해볼 도리가 없습니다.

'선미야, 한 번만 돌아봐주면 안 되니? 너의 뒤엔 내가 있어. 너 때문에 흔들리는 내가, 인생의 무게로 휘청거리는 내가.'

이제 그녀를 놓아주려 합니다.

가만히 쥐고 있는 핸드폰을 꺼냈습니다.

그리고 그녀의 목소리가 담긴 메시지를…… 삭제했습니다.

여기에도 저기에도 그녀가 있는데 이 가슴 가득히 그녀가 있는데 왜 나는 자신 있게 같이 가자고 하지 못할까요?

헤어지기 싫으면서도 정말 죽기보다 싫으면서도 난 왜 그녀를 놓아주려 할까요?

그 이유를 알지는 못하지만 더 이상 그녀를 잡고 있을 수만은 없을 것 같습니다.

우리는, 여기까지가 끝인가봅니다.

여기까지가 끝인가 보오 이제 나는 돌아서겠소
억지 노력으로 인연을 거슬러 괴롭히지는 않겠소
하고 싶은 말 하려 했던 말 이대로 다 남겨 두고서
혹시나 하는 기대도 포기하려 하오
그대 부디 잘 지내시오
기나긴 그대 침묵을 이별로 받아 두겠소
그대 있음으로 힘겨운 날들을 견뎌왔음에 감사하오
사는 동안 날 잊고 사시오
진정 행복하길 바라겠소

〈편지〉 중에서 _김광진의 노래

왜 사랑에 빠졌는가에 우리가 대답할 수 없었던 것처럼 왜 이별하는가에 대해서도 우리는 답할 수가 없다. 마치 정해진 시간이 다 되어서인 것처럼, 정해진 인연의 분량이 끝나서인 것처럼, 뚜렷한 이유도 없이 이별은 느닷없이 찾아온다. 하지만 이미 오래 전부터 예견되어 왔음을 그대도 알지 않은가. 불길한 예감을 애써 외면한 채 다 끊어져가는 끈을 힘들게 잡고 있었던 것뿐이라는 걸…….

05.
다시 사랑이
올까요?

네가 나쁘다,
정말로……

love is

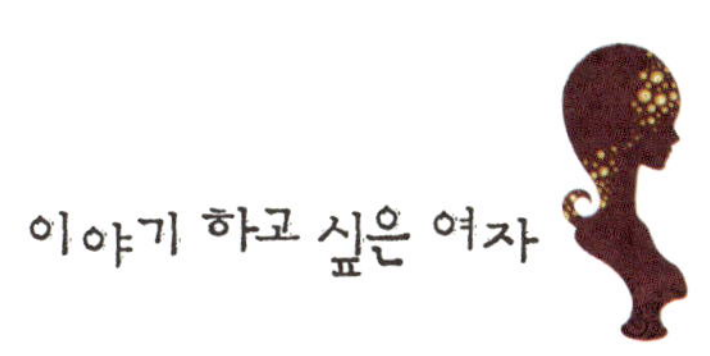

며칠이 지났습니다.

그에게서는 계속 전화가 없습니다. 어쩌면 당연합니다.

내가 이별의 메시지를 그에게 보냈으니까요. 하지만 왠지 그에게서 전화가 오기를 기다리게 됩니다.

우리가 헤어지자고 싸운 게 어디 한두 번인가요?

마치 그의 애정지수를 확인하는 '의식'처럼 나는 가끔씩 이별을 통보하곤 했죠. 그때마다 그는 며칠을 못 버티고 먼저 전화를 걸어오거나 직접 찾아오곤 했습니다.

그런데 이번에는 좀 다른 것 같습니다. 그가 정말 연락을 하지 않을 모양입니다.

"연락 오면 다시 만나려고?"

채연은 눈을 동그랗게 치뜨고 되묻습니다. 나는 대답하지 못합니다.

그때 채연에게 전화가 걸려왔습니다. 몇 마디 말을 주고받더니 핸드폰을 내게 내밉니다.

"준서 오빠야, 너 바꿔 달란다. 아무래도 오빠 너한테 관심 있나 봐. 잘해봐. 우리 오빠 정말 여자 모르는 순진남이야. 조건도 좋잖아. 솔직히 우리 오빠가 좀 아깝다."

나는 입을 삐죽거리며 전화를 받았습니다.

그가 귀국한다는 전화입니다. 앞으로는 얼굴 좀 자주 보여 달라고 하네요.

나는 한동안 바빠서 따로 시간을 낼 수 없다고만 했습니다.

"모교에서 강의를 시작할 것 같아."

"아…… 오빠, 축하 드려요. 잘됐네요."

그가 성큼 가까이 다가온 느낌입니다. 하지만 나는 아직 종태와 결론이 나지 않았습니다. 아직 종태의 전화를 기다립니다.

내가 먼저 전화를 걸 수는 없습니다. 그의 사랑이 확실한 것인지 알고 싶습니다.

우습지만 내 사랑이 확실한 것보다, 그의 사랑이 확실한지 그것이 내겐 더 중요합니다.

한 달이 지났습니다.

아직도 그에게 연락이 없습니다. 이제 완전히 끝난 걸까요?

정말 끝난 걸까요? 아니, 한 달이라는 시간이 서로의 소중함을 다시 생각하는 계기가 되지는 않을까요?

"네가 먼저 전화해."

채연이 말했습니다.

"싫어."

"자존심 때문에?"

"아니."

"그럼 왜?"

"확인하고 싶어."

"뭘?"

"그의 사랑을. 종태가 정말 나를 간절히 원하는지, 그냥 지나쳐 갈 수 있는지 알고 싶어."

"알아서 뭐하게?"

채연의 엉뚱한 질문에 나는 피식 웃었습니다.

"그냥……. 나에 대한 간절한 마음을 확신하면 다시 시작할 수 있을 거 같아."

"전화 안 오면?"

"그건 나 없이도 살 수 있다는 뜻이니까, 종태가 그렇다면 나도 미련 없이 깨끗이 잊어야겠지."

"왜 네 운명을 우연에 맡기니?"

"우연이 아니야. 필연이지."

"필연이라고?"

"그래. 그의 마음에 달린 거니까. 우리가 처음 만난 것처럼 말이야."

그가 나를 간절히 원할 때는 아무리 내가 못되게 굴어도 다시 연락을 해왔으니까요.

내게 지쳤다고요? 그건 자기 사랑이 퇴색한 것에 대한 변명 아닐까요? 자기가 간절히 원한다면 내가 자기를 원하는지 생각할 겨를도 없이 내게 달려오지 않았던가요?

지금 이대로 놓아줄 수 있다는 건 그가 나를 간절히 사랑하지 않다는 증거입니다.

나를 놓아주고도 살 수 있기 때문인 거죠.

두 달이 지났습니다.

결국 그에게선 전화가 오지 않았습니다.

미니홈피에도 별다른 변화가 없습니다.

오히려 후배들과 함께 웃고 있는 그의 사진들이 떡하니 올라가 있습니다.

특히 소희라는 여자 후배와 찍은 사진이 눈에 부쩍 띄네요. 둘이서만 찍은 건 아니지만 여럿 가운데서도 유독 두 사람이 다정해 보입니다. 내가 그렇게 보는 걸까요?

이제 나도 지쳐갑니다. 허무한 기다림에, 사랑하는 건지 아닌지에 대한 고민에, 이대로 놓아줄지 아니면 다시 잡을지에 대한 고민에 지쳐갑니다.

그런데 어느 날 퇴근해서 빌딩을 나오는데, 누군가 웃는 얼굴로 다가와 앞에 섰습니다.

"왜 그렇게 땅만 보고 다녀?"

순간적으로 종태인 줄 알고 고개를 들었습니다. 그런데 활짝 웃고 있는 그 사람은 호주에서 달려온 준서 오빠였습니다.

"아니, 어떻게 여길……."

"무작정 왔지. 네가 전화도 안 받고 하니까 말이야. 아쉬운 놈이 우물 파야지."

농담 같은 그의 말에 나도 모르게 웃음이 터져 나왔습니다.

침울하기만 하던 내 주변의 공기가 환해지는 느낌입니다.

그의 차에 올랐습니다. 차창 밖으로 도시의 열기가 느껴집니다.

"담배 냄새 안 나지? 여기 오기 전에 환기 시키고 방향제 뿌려뒀지."

그의 말에 살포시 웃으며 차창 밖을 바라봅니다.

그리고 이 도시 어딘가에 있을 종태를 생각합니다.

아무 연락도 없이 이대로 나를 놓아주는 그를.

미래에 대한 아무런 약속도 없이 그냥 같이 있고 싶다고만 하던 그를, 사랑한다는 말 대신 같이 자자고 말하던 그를.

'네가 나쁘다, 정말…….

왜 나를 잡아주지 않는 거니……?'

며칠이 지났습니다.

까짓 거…… 어차피 이렇게 된 거, 나도 자존심이 있지.

언제까지 절절매면서 빌 수만은 없잖아.

아니, 어차피 내가 빌어봤자 그녀의 화가 쉽게 누그러들 것 같지도 않고…….

호기 있게 마음을 다잡는 순간은 아주 짧았습니다.

바로 다음 순간,

'미쳤지, 미쳤어. 핸드폰에 저장된 그녀 목소리를 지워버리다니…….'

하고 후회했습니다. 깊은 밤, 잠도 오지 않고 뒤척일 때 그녀 목소리라도 들을 수 있다면 훨씬 견디기 쉬울 텐데…….

비록 헤어지자고, 내가 싫다고 말하는 그녀 목소리라도 말입니다.

친구, 후배들과 어울려 술을 마셨습니다.

등록금 대기도 힘들고, 그 비싼 등록금 내고 4년을 다녀서 졸업해 봤자 학자금 대출만 잔뜩 쌓여 있을 뿐 취업할 가능성은 전무해 보이는 현실을 한참 동안 같이 떠들어댔습니다.

"오빠, 선미 선배랑 헤어졌어요?"

문득 후배인 소희가 장난처럼 묻습니다. 차라리 그렇게 물어주니 속이 후련하네요. 캠퍼스 커플로 유명했던 우리의 결별을 사람들 앞에서 커밍아웃 할 수 있으니 말입니다.

"그래, 헤어졌다. 내가 차였어."

나도 술김에 장난처럼 말했습니다.

"괜찮아요. 오빠가 아까웠지, 뭐!"

소희가 또 장난처럼 웃습니다. 심각한 나의 이야기를 장난으로 만들어버리는 소희가 차라리 고마웠습니다. 나를 편안하게 했습니다.

그런데 왜 술잔에 그녀 얼굴이 보이는 걸까요?

한 달이 지났습니다.

그녀 전화번호를 누르고 싶은 걸 참느라 손가락이 곱아지려 합니다.

가끔씩…… 불현듯…… 그녀 생각이 간절해질 때면 나는 참지 못하고 그녀의 회사 주변을 서성거렸습니다. 우연히 만나기를 바란 건 아닙니다. 오히려 마주치게 될까봐 전전긍긍했죠.

마주칠까 두려웠지만 그녀 가까이에서 그녀 주변의 공기라도, 그녀가 회사를 오가며 바라봤을 풍경이라도 느끼고 싶었습니다. 그러면 조금이라도 그녀가 가까이 있는 것 같아 답답한 가슴이 내려가는 듯한 느낌이 들어서요.

그러다 그녀가 나올 시간이 되면 후다닥 지하철을 타고 돌아오곤 했죠.

초라하고 모자란 내 모습을 더 이상 보이고 싶지 않으니까요.

어쩌다 큰 행운도 건졌습니다. 그녀의 사무실을 알게 된 것입니다. 7층, 한가운데 통유리로 된 사무실입니다. 어떻게 알게 되었냐고요?

그녀가 우연히 창가로 다가온 모습을 발견했거든요.

아무리 멀리 있어도 그녀 모습은 알아볼 수 있습니다.

그녀만의 느낌이 그녀에게서 뿜어져 나오니까요.

그녀의 걸음걸이, 제스처, 표정의 느낌들이 아직도 선명하게 나에게 각인되어 있으니까요.

두 달이 지났습니다.

오늘도 그녀의 회사 앞에 갔습니다. 한참 서성이다 돌아갈 시간이 되었는데 오늘따라 발길이 더 떨어지지 않습니다.

곧 퇴근시간, 그녀가 나올 텐데 두 발은 움직일 생각도 안 합니다. 오늘은 창가로 왔다갔다 하는 그녀의 그림자조차 보지 못했거든요.

참 한심한 놈입니다. 취업할 생각은 안 하고 여자 그림자나 보러 하루 종일 서성거리고 있으니 말입니다.

여섯 시, 여섯 시 반…… 그녀가 나오지 않습니다. 야근을 하는 걸까요?

빌딩에서 사람들이 빠져 나오는데, 그녀만 보이지 않습니다.

길 건너편에서 빌딩 정문만 바라보고 있으려니, 더 답답합니다.

여덟 시, 아직도 그녀가 나오지 않았습니다. 혹시 후문으로 나갔나 싶었지만 그럴 리 없습니다. 지하철을 타려면 정문으로 나와야 하니까요.

여덟 시 반…… 냉방 시간이 끝났는지 경비 아저씨가 나와서 빌딩 문을 활짝 열어놓습니다. 그때 빌딩 안에서 두 사람이 걸어 나오는 게 보였습니다.

훤칠한 여자가 한눈에도 들어옵니다. 그리고 그녀 옆에는 더 훤칠한 한 남자가 있습니다. 남자는 연신 싱글벙글 웃으며 여자에게 무슨 말을 합니다.

두 사람에게서 눈이 떨어지지 않았습니다.

너무도 눈에 익은, 그 표정과 눈빛조차 내 손바닥처럼 익숙한 그녀였으니까요.

그녀의 얼굴에 미소가 번집니다.

나조차 한동안 보지 못했던 그녀의 미소입니다.

그 옆에서 남자가 큰 소리로 웃는 것 같습니다.

순간 주먹이 불끈 쥐어졌습니다.

그 남자는 키가 컸습니다. 그래서 더 기분이 나빴습니다.

두 사람은 주차장에 세워놓은 차를 타고 다시 나왔습니다.

차가 고급이더군요. 그래서 화가 났습니다.

그녀가 차창 밖을 내다봅니다. 왠지 그녀가 내 옆에 있을 때보다 더 편안해 보입니다. 그래서 더 화가 났습니다. 아니, 슬퍼졌습니다.

'젠장, 두 달 만에 딴 놈을 사귀다니…… 네가 나쁘다, 정말.'

사랑을 잃고 나는 쓰네
잘 있거라, 짧았던 밤들아
창밖을 떠돌던 겨울 안개들아
아무것도 모르던 촛불들아, 잘 있거라
망설임을 대신하던 눈물들아
잘 있거라, 더 이상 내 것이 아닌 열망들아
가엾은 내 사랑 빈집에 갇혔네

〈빈집〉 중에서 _기형도

누군가를 사랑한다는 것은 그 누군가로 하여금 나에게 정신적 간섭을 휘두를 권리를 허락하는 것이다. 나의 몸뿐만이 아니라 나의 생각, 옷차림, 생활의 모든 것에 간섭할 권리를 주는 것이다. 그러나 어느 날 갑자기 그가 그 권리마저 거부할 때 우리 사랑은 혼자만의 공간에 갇힌다. 사랑하는 사람에게 지배당하고 싶어도 지배당할 수 없는 가엾은 내 영혼은 단단한 껍질을 뒤집어쓴 채 소리도 없는 울음을 운다.

이젠 괜찮아……
너는?

love is

"선미야, 여자들의 착각이 뭔지 알아? 그 남자가 자기 목숨을 버리면서까지 나를 지켜줄 거라고 생각하는 거지. 남자들의 착각은 뭔지 알아? 자기가 돈 떨어져도 그 여자가 자기 곁을 떠나지 않을 거라고 믿는 거지. 완전 착각이야, 착각. 절대적인 사랑 같은 건 없거든!"

과연 연애 박사다운 말이었습니다. 하지만 나 역시 절대적인, 완전한 사랑 같은 걸 꿈꾸는 것은 아닙니다.

내가 종태를 너무 힘들게 한 것일까요?

그를 좀더 기다려주어야 했을까요?

나는 다만 진지한 관계를 원했을 뿐입니다.

“너 어정쩡한 태도 집어치우고, 종태랑 헤어졌으면 우리 오빠한 테나 태도 분명히 해. 사귈 거야 말 거야?”

준서 오빠가 호주에서의 생활을 마치고 귀국하여 목표한 대로 모교의 교수로 정식 근무를 시작했습니다. 우리 학교 말입니다.

어느 휴일, 거울 앞에 앉아 정성 들여 곱게 화장을 했습니다.

그를 만나기로 한 날이었습니다. 준서 오빠 말입니다.

시내에서 영화를 보고 나와 그가 말했습니다.

“선미야, 오랜만에 학교나 가볼래?”

학교에 가보자는 준서 오빠의 말에 잠깐 놀랐습니다. 마치 가면 안 될 곳에 가자고 하는 것처럼. 학교는 종태가 있는 곳이니까요. 우리들의 추억이 그대로 선명하게 남아 있는 곳이니까요.

“졸업생이 뭐 하러 학교에…….”

궁색한 변명인 양 말하는 나를 준서 오빠는 잠시 바라보다가 이렇게 말했습니다.

“선미야……. 아직도 종태라는 친구 생각하니? 헤어졌다고 들었어…….”

“…….”

문득 그가 조수석에 앉은 나의 손을 잡습니다. 슬그머니 손을 빼려 했지만 그가 힘주어 잡았습니다.

“손 정도는 잡아도 되잖아.”

그가 손을 잡은 채 나를 보며 말합니다.

"내가 기다릴게. 네 마음속에서 그 친구가 정리될 때까지 얼마든지 기다릴 수 있어. 너에게 더 다가가지도 않고 이렇게 곁에만 있을 거야. 하지만 내가 잘할게. 정말 잘할 거야. 나 믿고 따라와 줄래?"

그를 바라보았습니다. 그의 눈을 보았습니다.

어쩌면 이제까지 종태에게 받은 상처를 위로 받기 위해서 슬퍼하고 미련을 갖는 스스로가 싫어서 준서 오빠의 호의를 내가 편한대로 받았는지 모릅니다.

한 번도 준서 오빠를 진지하게 생각해 본 적은 없었습니다.

그런데 그 순간 준서 오빠의 눈을 보면서 나는 느꼈습니다.

내가 종태를 잊을 수 있을지도 모른다고……. 준서 오빠라면 믿을 수 있을 것 같다고…….

준서 오빠가 다시 내게 물었습니다.

"학교에 가볼래?"

그 말이 마치 내게는 '종태를 잊을 수 있겠지?'라고 묻는 것 같았습니다.

나는 아무 말도 하지 않았습니다. 그러나 준서 오빠는 이미 핸들을 돌리고 있었습니다. 학교를 향해서…….

나 역시 굳이 그를 말리지 않았습니다.

준서 오빠는 나보다 훨씬 이전에 학교를 다닌 사람입니다. 그에게도 학교에 얽힌 누군가와의 추억이 있겠죠.

나에게 종태와의 추억이 학교에 담겨 있듯이 말입니다.

그곳에 어쩌면 이제 새로운 기억들이 쌓이게 될지도 모릅니다.

이번에는 준서 오빠와 내가 함께 등장하는 기억들을.

그가 아무 일도 없었다는 듯 천연스럽게 말합니다.

"요즘 호숫가에 단풍이 알록달록 참 예쁠 때잖아……."

문득 종태가 호숫가 벤치에 앉아 있던 나에게 달려오던 그때가 생각납니다. 그날 그가 내게 달려오지 않았다면 우리 사이에 아무 일도 일어나지 않았을지도 모릅니다.

종태와 내가 만난 그 모든 일이 우연이 아니라면 지금 내가 종태가 아닌 다른 남자와 함께 있는 것 또한 우연이 아닌 필연일까요?

입 맞추고 싶은 남자

197

드디어 4학년 졸업반, 마지막 학기가 시작되었습니다. 취업 전쟁이 본격적으로 피부에 와닿기 시작하고 있었습니다.

학기가 시작되고 얼마 지나지 않았을 때 소희가 문득 물었습니다.

"오빠, 새로 온 교수님 강의 들어봤어요?"

"누구?"

"한준서 교수님이요."

"뭐?"

귀를 의심했습니다. 그의 이름을 학교에서 듣다니요.

"한준서?"

후배인 소희의 입에서 나온 '한준서'라는 이름을 나는 잘 알고 있습니다.

귀에 익은 정도가 아니라 아예 가슴에 박힌 이름이죠. 언제부터인가 선미와 나 사이에 끼어들어와 있는 불청객의 이름이었으니까요.

하지만 그의 이름이 교수 명단에 있을 리는 없습니다. 동명이인이겠죠.

그런데 소희가 쐐기를 박네요.

"우리 학교 출신이잖아요. 호주 유학 가서 학위 따고 뭔 연구소에서 한참 있다 들어왔다는데……. 진짜 난 사람은 난 사람인가봐. 학교 다닐 때도 그렇게 유명했다잖아요."

그 작자가 우리 학교 교수로 왔답니다. 최연소 교수로 말입니다. 한준서라는 사람이 요즘 후배들 사이에서 관심을 끌고 있답니다.

"어, 저 사람이에요!"

후배가 가리키는 호숫가에 익숙한 한 남자가 보입니다. 여전히 남자가 보기에도 훤한 모습을 하고 있네요. 그리고 그의 옆에 더 익숙한 한 여자가 보이네요.

"어머, 애인인가 봐요. 휴일에 같이 온 거 보면……."

후배가 갑자기 달려가 인사를 합니다. 교수님에게 깍듯하게요.

너무 당황한 나머지 난 멀찍이 서 있었습니다. 한준서가 후배를 선미에게 인사 시키네요. 학교 선배라면서……. 소희는 선배라는 말에 더 반가워하며 이번에는 선미에게도 깍듯하게 인사를 합니다. 선미의 목소리가 들립니다. 선미의 목소리를 이렇게 가까이서 듣는 거…… 참 오랜만이네요.

"김선미라고 해. 반가워."

"김선미요?"

후배가 조금 놀라는 듯하네요.

인사와 통성명을 마친 후배가 나에게로 다시 걸어오길래 나는 앞서 걸었습니다. 내 옆에 바짝 다가온 후배가 나지막하게 묻네요.

"김선미라면…… 오빠 옛날 여자친구 아니에요? 얼마 전에 헤어졌다는……. 오빠와 헤어져서 교수랑 사귀나봐요. 대단하다!"

정말 나를 두 번 죽이고 있습니다……. 아무리 태연한 척하려 해도 얼굴 표정이 펴지지 않습니다. 몇 걸음 함께 걷던 소희가 내 얼굴을 슬쩍 들여다보더니 낭랑한 목소리로 말합니다.

"바보 같이 왜 그래요? 당당하게 해요."

소희가 문득 내 손을 덥석 잡습니다.

"어, 갑자기 왜 이래?"

뭔 여자 손이 이리 큰지……. 선미 손은 아기처럼 가늘고 부드러웠는데 소희는 꼭 남자 손 같네요. 그런데 소희가 표정만큼은 참 애교스럽게 이렇게 말합니다.

"내가 여자친구인 척해 줄게요."

"뭐 하러?"

나는 손을 빼려다 말았습니다. 사실 소희 말대로 하고 싶었습니다.

여자친구가 있는 척을 하고 싶었습니다. 그러고보니 나는 항상 여자에게 먼저 손을 잡히네요. 선미가 수경이 보는 앞에서 내 손을 잡던 그때가 생각납니다.

소희는 선미와 비교하면 네 살이나 어립니다. 그런 소희와 친해 보이고 싶었습니다.

선미가 보는 앞에서 말입니다. 마침 비가 떨어지기 시작합니다.

"어, 비가 오네."

소희가 말하며 가방에서 우산을 꺼내들었습니다.

우리는 우산을 같이 받쳐 들었습니다.

"오빠, 가요……."

소희가 갑자기 팔짱을 낍니다. 싫지 않았습니다.

선미가 보고 있는 걸 아니까 더 싫지 않았습니다.

"오빠, 우리 비도 오는데, 동동주 먹으러 갈까요?"

"대낮부터?"

"술은 낮술이 최고죠."

소희가 활짝 웃었습니다. 나도 그런 소희를 보고 있자니 웃음이 나오네요. 그녀는 소년처럼 활발합니다.

하지만 팔짱을 끼고 꼭 붙어 있는 모습은 무척 애교스럽습니다.

나는 또 웃었습니다. 소희가 나를 웃게 합니다.

단순하고 거침없고 발랄한 소희의 성격이 섬세하고 조심스럽고 단아한 선미와는 참 다르지만 나를 편안하게 합니다.

또 웃음이 났습니다.

선미는 나 아닌 다른 누군가와 함께 있고, 나는 또 다른 누군가와 팔짱을 낀 채 걷고 있는 모습이 너무 비현실적이라서 웃었습니다.

이 정도면 괜찮습니다. 어정쩡하게라도 웃을 수 있으니, 그녀와 마주치고도 아무렇지 않은 척 지나칠 수 있으니, 이 정도면 견딜 만합니다. 그녀도 나와 같겠죠?

아니, 그녀는 이미 오래전에 나 같은 건 잊었겠죠.

취업도 못하고 돈도 없는 나, 내 현실이 그러하니 차라리 혼자인 게 다행스럽습니다.

이젠 당신이 그립지 않죠
보고 싶은 마음도 없죠
사랑한 것도 잊혀가네요 조용하게
알 수 없는 건 그런 내 맘이 비가 오면 눈물이 나요
아주 오래 전 당신 떠나던 그날처럼
이젠 괜찮은데, 사랑 따윈 잊어버렸는데
바보 같이 난 눈물이 날까 다신 안 올 텐데,
잊지 못한 내가 싫은데 언제까지 맘이 아플까

〈비와 당신〉 중에서 _영화 〈라디오 스타〉 OST

이별은 이제 끝나가고 있는가……. 긴 이별이 마침내 끝이 보이는 것일까. 우리가 '안녕' 하고 돌아선 것은 이미 오래전 일이지만 그 후로도 이별은 쉽게 끝나지 않았는데, 이제 끝나가는가. 그래도 이별이 사랑보다 쉬운가보다. 죽을 것 같던 우리가 서로를 떠나서도 멀쩡하게 살아가는 걸 보면, 멀쩡하게 살아서 서로에게서 떠나가는 걸 보면. 그래도 이별이 사랑보다 덜 아픈가보다. 사랑에 지쳐 이별로 달려왔는데, 이별이 아프다고 다시 사랑으로 달려가지 않는 걸 보면……, 이젠 정말 괜찮은가보다.

좋은 사람
또 생기더라

love is

학교에 자주 갑니다. 예전에는 그곳이 종태를 만나는 곳이었지만 지금은 준서 오빠를 만나는 곳입니다.

가끔 그와 마주칩니다. 종태 말입니다. 그때마다 그는 소희라는 후배와 함께였습니다.

얼마 전 그도 졸업을 했는데 도서관에 나오는 모양입니다. 소희를 만나기 위해서일까요? 그에게 새로운 사랑이 찾아온 걸까요?

괜찮습니다. 정말 괜찮습니다.

우리 사랑은 이미 오래전 일이니까요. 우린 헤어진 사이니까요.

가슴이 허한 것쯤은 아무것도 아닙니다. 나도 빨리 새로운 사랑을 찾으면 되니까요.

모든 것이 급박하게 돌아갑니다. 준서 오빠 부모님들을 만나 뵈었고 우리 부모님들도 준서 오빠를 마음에 들어 하십니다.

모두들 만족하는 편안한 상황입니다.

모든 것이 보장된 편안한 길이 보이는 것만 같습니다.

이대로 나는 한준서라는 사람의 아내가 되는 걸까요?

그는 정말 완벽한 사람입니다. 따뜻하고 친절하고, 또 세상 사람들이 말하는 편안한 조건을 골고루 갖추고 있는 사람입니다.

그는 매일같이 퇴근 무렵에 우리 회사 앞으로 와서 같이 저녁을 먹거나 오피스텔까지 데려다주곤 했습니다.

채연은 오빠와 내가 함께 들어오는 걸 보면 공연히 심술을 부리곤 했습니다.

"아무리 생각해도 우리 오빠가 너무 아깝다, 얘. 사실 너에 비해 나이가 좀 많은 것 빼고는 직업 좋지, 인물 좋지, 집안 좋지, 돈도 많지, 성격 좋지……."

이제는 하도 들어서 한 귀로 듣고 한 귀로 흘립니다.

준서 오빠도 그냥 웃고 넘길 뿐입니다.

내가 그에게 가는 날도 가끔 있습니다. 늦은 시간까지 그의 연구실은 불을 밝히고 있습니다. 그가 있는 곳에는 언제나 따뜻한 온기와 차분한 평온이 깃들어 있는 듯 안정적이기만 합니다.

불 켜진 교수 연구실을 먼발치에서 바라보며 걸어갑니다.

문득 스치듯이, 종태가 아직도 학교에 있나? 궁금해집니다.

호숫가 희미한 가로등 불빛 아래 벤치가 띄엄띄엄 놓여 있습니다.

발걸음이 나도 모르게 그리로 가네요.

언젠가 그가 옛날 여자친구인 수경과 함께 있다는 것을 알고서는 이곳에 와서 한참 호수를 바라보고 있었지요. 저녁 무렵으로 기억합니다. 그가 헐레벌떡 내게 달려온 것을 말입니다. 그때 이후로 시간이 너무 많이 지났습니다.

벤치 가까이 가는데, 옆 벤치에서 웃음소리가 들립니다. 여자와 남자의 목소리입니다. 그들이 함께 일어서서 나옵니다.

남자가 여자의 어깨를 꼭 안고 있습니다. 그와 눈이 마주쳤습니다. 뜻밖에도 종태였습니다.

"아……."

"……."

옆의 여자가 오히려 태연하게 내게 인사합니다.

"선미 선배님이시네요. 안녕하세요."

그녀의 목소리가 왜 그렇게 얄밉고 싫은 걸까요.

그가 멋쩍게 웃으며 말합니다.

"잘 지냈어?"

"으응……."

우리가 어처구니없이 헤어진 지 벌써 2년이 지났네요.

짧은 인사를 뒤로 하고 그가, 아니 그들이 나를 떠나갑니다.

그가 다시 여자의 어깨에 손을 올립니다. 종태는 나와 사귈 때 한 번도 어깨에 손을 올린 적이 없습니다. 우린 친해진 다음에도 손을 잡고 걸었습니다.

그런데 지금은 여자의 어깨를 감싸 안고 걷네요.

쓸쓸했습니다. 내가 원한 건 그가 손을 잡아주는 게 아니라 어깨를 감싸주는 것이었을까요?

교수 사무실에 들어섰습니다. 준서 오빠가 열심히 작업을 하다가 나를 반갑게 맞았습니다.

"여기까지 오게 해서 미안해. 선미가 여기까지 와주니 황송하네."

내 손에는 그와 함께 먹으려고 산 생선초밥이 예쁘게 포장된 채 들려 있습니다. 그런데 나는 초밥도 내려놓지 않은 채 뜬금없이 그에게 물었습니다.

"오빠……."

"응, 앉아."

"오빠, 정말 나를 사랑하나요?"

그가 조금 의외라는 듯한 눈으로 나를 바라봅니다.

"왜 한 번도 내가 오빠를 사랑하느냐고 묻지 않아요? 궁금하지 않아요?"

그가 책상에서 서서히 일어나 내게 다가옵니다. 그리고는 나를 안고서 입을 맞춥니다. 나를 끌어안는 그의 손에 힘이 들어갑니다.

"선미야, 지금 나를 사랑하지 않는다 해도 언젠가는 나를 사랑하게 될 거야. 내가 죽도록 싫지만 않으면 돼. 중요한 건 내가 너를 원한다는 것뿐이야."

눈물이 납니다. 그런데 눈물마저도 그의 뜨거운 숨결에 흩어져 버리네요.

이상한 일입니다. 종태와 헤어지기 전, 나는 내가 그를 얼마나 간절히 사랑하느냐보다는 종태가 나를 얼마나 간절히 원하는지가 중요했습니다. 정말로…….

비록 헤어지자는 말은 내가 먼저 했지만 그가 더 간절한 모습으로 나를 찾아오기를 기다렸는지 모릅니다.

그런데 지금 준서 오빠와 결혼을 앞두고 있는 지금…… 나는 내가 그를 진정으로 사랑하는지가 절대적으로 중요해집니다.

나는 그를 정말 사랑하는 걸까요?

한준서라는 남자를.

그의 깊은 키스에도 왜 내 영혼은 떨리지 않는 걸까요?

드디어 졸업했습니다. 이제는 취업 재수생. 그게 나의 타이틀입니다.

졸업은 했지만 아직 직장을 구하지 못했으니까요.

여전히 취업에 목을 매고 이 시험 저 시험을 준비하고 이 회사 저 회사를 기웃거리느라 정신이 없습니다.

여전히 틈틈이 아르바이트를 합니다. 졸업을 했으니 등록금을 낼 필요는 없지만 쌓인 학자금 대출을 갚아나가야 하니까요. 사실 아르바이트 자리를 구하는 것도 점점 어렵고, 여기저기 뛰어다니느라 공부할 시간도 없네요.

우울한 청춘입니다. 하지만 소희가 그런 내게 큰 힘이 됩니다. 그녀하고 있으면 현실적인 고민이 작아집니다. 우울하고 침울하기만 하던 마음에 한줄기 빛이 들어오는 듯 환하고 편안해집니다.

우린 저녁 무렵이면 자판기 커피를 뽑아 벤치에 앉아 있곤 했습니다.

"저 호수 밑에 로봇태권브이 기지가 있다며?"

"아니, 국회의사당과 연결되는 전투기 기지가 있다는데?"

소희는 깔깔거리며 웃습니다. 호수가 워낙 크다보니 우린 신입생 때부터 호수에 얽힌 우스갯소리들을 들어왔거든요.

자판기 커피 한잔을 마치 뜨거운 녹차처럼 천천히 마시고 나서 일어설 때쯤에는 가로등도 켜져 있고 주변에 어둠이 제법 들어차 있습니다. 어떤 날은 호수의 물 냄새도 풍기죠.

그날도 그랬습니다. 한참 소희와 떠들고 웃다가 일어서는데 아, 놀랍게도 선미가 서 있었습니다.

그녀도 놀랐는지 인사도 제대로 못하더군요.

그래도 우린 서로 인사를 나누었습니다. 어색한 인사였지만…….

서로를 찾을 이유가 없어진 것처럼 서로를 피할 이유도 이제는 없습니다.

그녀는 여전히 예쁘고, 싱그럽습니다. 하지만 그뿐입니다.

나는 소희의 어깨에 다시 팔을 걸쳤습니다.

아무 말 하지 않아도, 어떤 약속을 해 주지 못해도 그저 있는 그대로 나를 믿어주는 이 여자, 김소희 말입니다.

그런 소희도 선미 앞에서 허둥대는 내가 별로 좋아보이지는 않았나봅니다.

잠시 걷다가 문득 묻더군요.

"혹시, 오빠는 아직도 선미 언니를 좋아하는 거 아니야?"

"야, 너도 질투할 줄 아냐?"

나는 그런 소희가 귀여워서 짓궂게 웃었습니다.

하지만 그녀의 어깨를 더 세게 감싸 안았습니다. 무슨 말을 더 하겠습니까?

나는 소희를 절대로 놓치지 않을 겁니다. 선미를 사랑할 때처럼 머뭇거리지 않겠습니다.

"소희야."

"왜?"

그녀의 목소리가 아직 뾰로통합니다. 나는…… 선미에게는 말하지 못했지만 소희에게는 말하려 합니다.

"내가 잘할게. 정말 노력할 거야. 지금은 별 볼 일 없어도, 조금만 기다려줄래?"

소희가 문득 나의 눈을 바라봅니다. 항상 명랑하기만 할 것 같은 그녀의 눈에도 이슬이 맺히네요. 이제 내 여자를 외롭게 하지는 않겠습니다.

김선미는 김선미의 길을 가고, 박종태는 박종태의 길을 갈 겁니다.

그녀에게는 그녀의 사랑이, 나에게는 나의 사랑이 있으니까요.

아직 우리 가슴에 상처가 남아 있을까요?

터질 듯한 폭풍우가 지나간 흔적들이 남아 있을까요?

그럴지도 모릅니다.

하지만 지금 이대로도 충분히 만족합니다.

이렇게 흘러가도 좋을 것 같습니다.

이제 나를 믿어보려고 합니다.

가끔 서운하니 예전 그 마음 사라졌단 게
예전 뜨겁던 약속 버린 게
무색해진대도 자연스런 일이야
그만 미안해 하자 다 지난 일인데
누가 누굴 아프게 했건
어느덧 내 손을 잡아주는 좋은 사람 생기더라
사랑이 다른 사랑으로 잊혀지네
이대로 우리는 좋아 보여 그 웃음을 믿어봐
믿으며 흘러가

〈사랑이 다른 사랑으로 잊혀지네〉 중에서 _하림의 노래

사랑이 누가 한 번뿐이라고 했는가. 모든 사랑은 첫사랑이다……. 외로운 가슴에 불을 지피는 것이라면, 모두가 순결한 첫사랑이 되리. 비록 언젠가는 끝나버릴 뜨거움이라 해도 지금의 힘겨운 삶을 견디게 해주는 사랑이기에 우리는 기꺼이 다시 손을 내민다. 사랑을 향하여! 비록 우리 안에 지난 사랑에 대한 회한이 가득할지라도, 그 상처를 지워줄 수 있는 건 오직 또 다른 사랑밖에는 없기에. 상처가 깊을수록 새로운 사랑을 더욱 필요로 하기에.

다시 사랑이
올까요?

love is

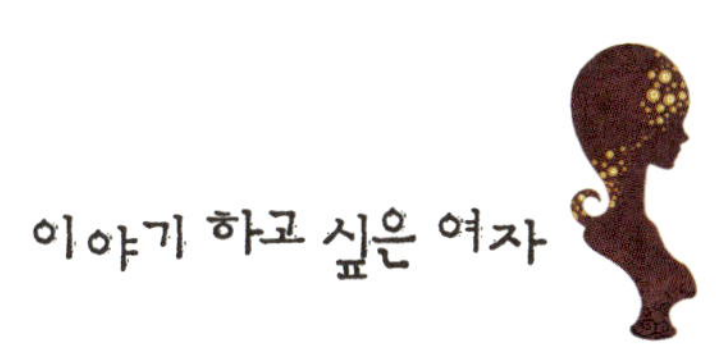

인천국제공항에 도착했습니다. 3년 만입니다.

한국은 마침 추석연휴라 그런지 공항은 해외로 떠나는 사람들로 무척이나 북적거렸습니다. 예정보다 일찍 들어오는 거라 아무도 마중을 나오지는 않았습니다.

3년 전, 모든 것을 놓아버리고, 결혼도 준서 오빠도 뒤로 한 채 해외 파견근무를 신청해서 한국을 떠나던 때가 생각납니다.

그때 준서 오빠가 물었죠.

"아직 지난 사랑을 못 잊어서 그러는 거니?"

사랑하고 싶지만 사랑할 준비가 되어 있지 못한 나는 그냥 고개를 떨어뜨리는 수밖에 없었습니다.

미안한 마음뿐이었습니다.

나는 아직 오빠를 진정으로 사랑할 준비가 되어 있지 못해서라고 차마 말하지 못했습니다.

입국 수속을 마치고 커피전문점에 앉아 커피를 마시는데 한 쌍의 남녀가 커다란 트렁크를 끌면서 지나갑니다.

두 사람은 서로의 이야기에 빠져 다른 사람들은 신경도 쓰지 않는 듯 큰소리로 이야기를 나누고 있습니다. 무척 행복해 보이네요.

서점에서 잡지를 한 권 사서 나오는데 임신육아에 대한 책이었습니다. 아마 첫 아이를 임신한 모양입니다.

그 두 사람을 보고 나도 모르게 빙그레 웃었습니다.

청바지에 운동화, 간편한 차림을 한 두 사람…….

만약에 내가 종태와 헤어지지 않았다면 저런 모습으로 함께 있지 않았을까 그런 생각이 듭니다.

차라리 조금 덜 사랑했다면 그렇게 아프지 않았을 텐데, 그의 사소한 무심함에도 그렇게 슬프지 않았을 텐데, 그래서 함께하는 소소한 행복을 더 잘 이해할 수 있었을 텐데, 나는 그러지 못했던 것 같습니다.

오늘 점심 뭐 먹을까? 오늘 무슨 영화 볼까?

그런 일상적인 대화도 참으로 소중했는데 그때는 몰랐습니다.

서로에게 너무 익숙해서 더 이상 알고 싶은 것도 없고 더 이상 다가갈 거리도 남아 있지 않을 만큼 바로 옆에 있어서 사랑이 아닌 줄 알았습니다.

아니, 사랑이 끝나가고 있는 줄 알았습니다.

이제 다시 누군가를 사랑하게 된다면 좀 더 따뜻하게, 조금만 더 편안하게, 있는 그대로의 모습을 사랑하려 합니다.

220

"서둘러. 늦었잖아."

오늘도 나 혼자만 서둘렀습니다. 소희는 언제나 늑장을 부리는 편입니다. 챙기는 것은 모두 내 역할이죠. 더구나 얼마 전 임신한 이후로는 아예 챙기는 것과는 담을 쌓을 작정이더군요.

신혼여행도 못 가고 결혼한 우리가 난생 처음 해외여행을 떠나는 오늘, 그녀는 또 꾸물거리다 허둥지둥 공항으로 왔습니다.

그런데 그녀는 서점까지 들렀다 가자고 합니다.

"뭐 하러?"

"비행기에서 읽을 책."

“보나마나 잘 거면서.”

“이번에는 아니야.”

싱글벙글거리는 그녀는 서점에서 대뜸 임신육아에 대한 책을 골라잡네요. 나도 은근히 좋아서 웃었습니다.

한 손으로는 카트를 끌고 한 손으로는 그녀의 어깨를 안았습니다.

“수영복 넣었어?”

“그거 오빠가 챙겼다고 했잖아.”

“언제?”

“난 안 넣었는데?”

어이구……. 진짜 소희는 못 말립니다.

“커피 한잔 마시고 가자.”

“이 상황에서 커피를 마시잔 말이야?”

“마지막 커피! 이젠 한동안 못 마시잖아. 공항에서 마지막 커피 마시자.”

결국 우리는 커피전문점으로 들어갔습니다.

한 여자가 선글라스를 낀 채 혼자 앉아 있다가 일어나 나가네요.

우리는 그 여자가 앉았던 자리에 앉았습니다.

왠지 편안한 느낌입니다.

소희가 앉아 있는 동안 내가 커피를 받아왔습니다.

소희가 시럽을 넣어달라며 손짓을 합니다. 선미는 시럽을 넣지 않았는데요. 소희는 다시 또 이렇게 말하며 손짓을 합니다.

"따뜻한 물도 좀……."

커피를 묽게 마시기 위해 물을 섞어 달라는 것이죠. 임신 중이니까요.

완전 내가 머슴입니다. 소희가 그런 나를 보며 혼자 웃습니다.

커피전문점을 나가던 여자와 가까이서 마주쳤습니다. 그녀가 나를 보았습니다.

나도 그녀를 보았습니다. 우리는 서로 마주 본 것일까요?

그녀의 눈빛은 검은 선글라스에 가려 잘 보이지 않습니다.

"……."

"……."

하지만 무슨 말이라도 하려는 사람처럼 느껴졌습니다.

문득 오랜 기억 속에서 선미가 생각났습니다.

그때 소희의 앙칼진 목소리가 들렸습니다. 혹시, 선미일까요?

"오빠, 뭐 해? 빨리……."

"어…… 어. 알았어."

선글라스의 여자가 이번에는 소희를 돌아보더니 그만 밖으로 나가네요.

커피 두 잔을 들고 테이블로 갔습니다. 여자가 보던 신문이 놓여 있었습니다.

“어, 이거……. 놓고 나갔나봐. 갖다 주고 올게.”

내가 신문을 집어 들고 일어서려 하자 소희가 나를 잡습니다.

“신문 가지고 뭘 그래? 다 봤으니까 놓고 갔겠지. 시간도 없는데 앉아, 오빠.”

나는 다시 앉았습니다. 설령 선미라고 해도 지나쳐가야 한다는 것을 잘 압니다. 그래서 나는 말없이 물과 시럽을 탄 커피를 소희에게 건넸습니다.

소희가 밖으로 나가는 선글라스를 낀 여자의 뒷모습을 잠시 쳐다봅니다.

“커피 안 마셔?”

내가 말을 건네자, 그녀가 호호 불며 커피를 한 모금 마십니다.

“완벽해!”

우리는 마주보고 웃었습니다.

이제 나는 소희와 함께 하는 미래에 대해, 우리의 꿈에 대해 더 많이 이야기하고 싶습니다.

그녀가 외롭지 않도록 그녀가 내 안에서 불안해하지 않도록 말입니다.

선글라스를 낀 선미는 어느새 사라지고 없었습니다.

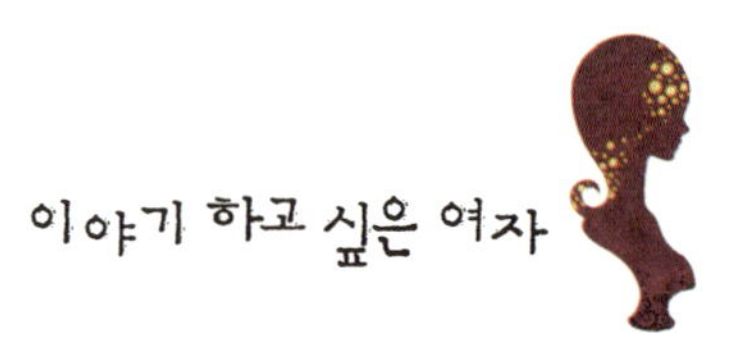

나는 테이크아웃으로 커피를 받아들고 나가려다가 잠시 창가의 자리에 앉았습니다.

그리고 신문을 펼쳤습니다. 오랜만에 한국의 신문을 읽어보네요. 거기에는 작은 귀퉁이에라도 종태의 소식이나 준서 오빠의 소식 따위는 없습니다.

우리 사랑이 어떻게 결말나고 앞으로의 전망은 어떠한지에 대한 기사 따위는 없습니다. 모든 것은 내 안에 들어 있겠죠.

두 남녀가 커피전문점으로 들어옵니다. 돌아보니 마침 자리가 없네요. 나는 테이크아웃으로 받은 커피를 들고 일어섰습니다. 젊은 부부가 앉을 수 있도록 말입니다.

커피가 따뜻하네요.

젊은 부부로 보이는 그들의 모습을 먼발치에서 바라보면서 나는 생각합니다.

다시 사랑한다면 나도 저들처럼 아무것도 아닌 소소함을 사랑하고 싶습니다. 소소한 일상 속에서 같이 느끼고 서로의 삶을 따뜻한 시선으로 바라봐주고 싶다고.

젊은 남자와 마주쳤습니다. 나의 시선이 그에게 멈추었습니다.

그가 문득 나를 봅니다. 나 역시 그를 봅니다.

무슨 말이라도 건네려는 사람처럼 그를 보았는데…….

내 앞의 그 남자는 바로 종태였습니다.

"……."

"……."

말없이 지나쳐가야 한다는 것을 잘 알기에 그의 시선을 뒤로 한 채 혼자 나왔습니다.

여자에게 첫사랑은 잊을 수 없는 것일까요? 문득 그 시절이 그립습니다. 바로 눈앞에 두고도 다가갈 수 없는 그런 마지막 모습으로 남는 그이기에.

하지만 지금 이 순간 내가 누군가를 그리워한다면 그건…… 과거의 사랑이 아닙니다.

이제 새로 시작하는 사랑입니다.

설령 과거의 그 누군가를 다시 만나 사랑한다고 해도 그건 새로운 내가 새로운 누군가를 새롭게 사랑하는 것입니다.

준서 오빠가 나를 기다려주고 있을까요?

지금이라면 그를 진정으로 사랑할 수 있을 것 같습니다.

그러나 그가 나를 기다려주지 않는다고 해도 더 이상 나를 사랑하지 않는다고 해도 그래도 나는 믿습니다. 사랑을.

사랑은 다시 또 오리라는 것을…….

지금 알고 있는 걸 그때도 알았더라면
내 가슴이 말하는 것에 더 자주 귀 기울였으리라
사랑에 더 열중하고
그 결말에 대해선 덜 걱정했으리라
설령 그것이 실패로 끝난다 해도
더 좋은 어떤 것이 기다리고 있음을 믿었으리라
분명코 더 감사하고
더 많이 행복해 했으리라
지금 알고 있는 걸 그때도 알았더라면……

〈지금 알고 있는 걸 그때도 알았더라면〉 중에서 _킴벌리 커버거

사랑의 상처가 아물 때쯤, 상처가 희미한 흉터로 남을 때쯤 그제야 우리는 깨닫고 후회한다. 왜 좀 더 사랑하지 못했나, 왜 그렇게 상처를 주어야 했을까…… 하고 말이다. 왜 그토록 불안해 하고 왜 그토록 확인하려고만 했었나 하고 말이다. 그러나 그 아픔이 있기에 우리는 과거의 사랑이 아니라 새로운 사랑을 좀 더 소중하게 받아안을 수 있다.

기다려라. 사랑은 또 온다.

소설로 읽는 사랑 심리 에세이

사랑, 두 개의 심장

초판 1쇄 인쇄 2011년 11월 22일
초판 1쇄 발행 2011년 12월 2일

지은이 박은몽
펴낸이 김선식

Editing Creator 김선미
Marketing Creator 이주화

1st Creative Story Dept.   박경란, 김선미, 신현숙, 김희정, 양지숙, 이 정, 송은경
Creative Design Dept.   최부돈, 황정민, 김태수, 박효영, 손은숙, 이명애
Creative Management Team   김성자, 송현주, 권송이, 김민아, 김태옥, 류수민, 윤이경
Creative Marketing Dept.   이주화, 원종필, 임광문, 신문수, 백미숙
         Communication Team   서선행, 김선준, 전아름, 이예림
         Contents Marketing Team 이정순, 김미영
Outsourcing   디자인 디자인밥

펴낸곳   (주)다산북스
주소   서울시 마포구 서교동 395-27번지
전화   02-702-1724(기획편집) 02-703-1725(마케팅) 02-704-1724(경영지원)
팩스   02-703-2219
이메일   dasanbooks@hanmail.net
홈페이지   www.dasanbooks.com
출판등록   2005년 12월 23일 제313-2005-00277호
필름 출력 스크린그래픽센터   **종이** 월드페이퍼(주)   **인쇄·제본** (주)현문

ISBN 978-89-6370-710-5 13810